CUENTOS DE VIDA O MUERTE

ExLibric

PATRICIA MELLA HEVIA

CUENTOS DE VIDA O MUERTE

EXLIBRIC

ANTEQUERA 2025

CUENTOS DE VIDA O MUERTE
© Patricia Mella Hevia
Diseño de portada: Dpto. de Diseño Gráfico Exlibric

Iª edición

© ExLibric, 2025.

Editado por: ExLibric
c/ Cueva de Viera, 2, Local 3
Centro Negocios CADI
29200 Antequera (Málaga)
Teléfono: 952 70 60 04
Fax: 952 84 55 03
Correo electrónico: exlibric@exlibric.com
Internet: www.exlibric.com

ISBN: 979-13-88079-09-2
Depósito Legal: MA 1823-2025

Impresión: PODiPrint
Impreso en Andalucía – España

Nota de la editorial: ExLibric pertenece a Innovación y Cualificación S. L.

PATRICIA MELLA HEVIA

CUENTOS DE VIDA O MUERTE

Cómo *nos conocimos*

—¿Recuerdas cómo nos conocimos?

—La verdad es que no.

—Te lo cuento cada tarde...

—Pues lo debo de olvidar cada noche.

—Se diría que lo haces a propósito.

—No lo creo. Pero me gusta que vengas a verme.

Sonreí sin querer. Cada tarde, casi la misma conversación, su sonrisa expectante esperando que empiece a hablar, su mano en la mía. Sé que es cierto, que no lo recuerda, pero siempre espero que un día me sorprenda y me lo cuente ella. Estuvimos un rato en silencio, disfrutando de la mutua compañía, hasta que me lo pidió, como cada tarde, con el mismo gesto, ese que hacía ladeando la cabeza cuando pedía algo.

—¿Me cuentas cómo nos conocimos?

—Hacía frío. Bueno, en realidad no, pero tú sentías frío.

—¿Y por qué yo sentía frío?

—Porque no podías sentir otra cosa. Llevabas mucho tiempo con escarcha en los huesos, calada de indiferencia y cansada de vivir.

—¿Y qué hacía?

—Estabas sentada en el sofá de tu casa, pero no en el *chaiselongue*, como siempre. Esta vez estabas justo en el medio, en perfecta equidistancia a cada extremo del sofá, como si te hubieras encuadrado para una foto.

—¿Y qué hacía, veía la tele?

—No veías nada. Te habías quedado dormida leyendo. El libro se te había escurrido de la mano derecha y te había caído sobre las piernas.

—Qué extraño...

—¿Por qué lo dices?

—Yo nunca me duermo leyendo. Tengo un sueño muy ligero, hubiera notado el peso si se me hubiera caído el libro encima.

—Puede que estuvieras muy cansada...

Se me quedó mirando fijamente, intentando calibrar si le decía la verdad. Finalmente, me dio la razón.

—Es posible, sí. ¿Y qué leía?

—No me fijé en el título.

—¿Era una portada bonita, al menos?

—Era una portada bonita.

Sonrió asintiendo, como si eso lo explicara todo. Volvió la vista hacia la ventana con un gesto de satisfacción. Estuvo así unos dos o tres minutos, mirando al infinito, hasta que la sonrisa desapareció de repente y me volvió a mirar. Frunció el ceño y preguntó:

—Y tú ¿por qué viniste? ¿Querías despertarme?

—Lo intenté, sí, pero no pude. Dormías muy profundamente.

—Pero tengo un sueño ligero.

—Me lo has dicho, sí.

—Entonces, ¿por qué viniste?

—Porque tú me llamaste.

—¿Yo te llamé?

—Sí.

—No recuerdo haberte llamado.

—Nunca lo recuerdas.

Volvió a mirarme con expresión ceñuda. Esta era la parte que siempre le costaba aceptar.

—Así que te llamé...

—Sí.

—¿Por qué?

—Porque no querías seguir con esto.

—¿Seguir con qué? ¿No quería seguir leyendo?

—No querías seguir con nada. Simplemente, no querías seguir.

Su rostro se iba contrayendo con cada respuesta que yo le daba. Se incorporó en la cama y miró alrededor buscando una ayuda que no tenía. Hubiera sido mucho más sencillo contarle toda la historia desde el principio, pero eso no servía. Era lo que había hecho durante los primeros dos meses. Necesitaba que entendiera por qué estábamos allí las dos y cuál era su responsabilidad. Aunque no llegáramos al fondo, estaba dando mejores resultados guiar la conversación hasta que ella misma lo dijera, así que insistí.

—Dime, Elena, ¿qué hacías antes de sentarte a leer?

—Yo... seguramente, trabajar...

—¿Qué día era?

—Creo que era sábado.

—Exacto. Era sábado. Los sábados no trabajas.

—Ya..., bueno, dices que estaba leyendo; sí, a veces los sábados me siento a leer un rato.

—¿En medio del sofá?

—A veces sí, me siento en medio del sofá.

—¿Cuántas veces te has sentado ahí, Elena?

—¿Pero qué importa eso? Pues no sé…, alguna vez lo he hecho.

—Dime cuántas.

—¿Por qué me torturas?

—Porque necesitas recordar.

Perdía los nervios por momentos. Empezó a forcejear por irse, pero no podía. Ella aún no lo sabía, pero estaba encadenada en aquella cama, sin poder salir de ella si no era conmigo. Insistí.

—Te sentaste ahí a leer, pero no donde siempre. Porque no estabas como siempre. Dime qué pasó.

—No sé qué pasó, igual me senté solo un momento y nada más…

—¿Te sentaste a leer solo un momento?

—¡Sí!, ¡¿qué tiene de raro?! puede que fuera a salir enseguida…

—Y para irte enseguida, te pusiste a leer…

—Vale, sí, sí, es raro.

—Ahí sentada, justo en medio.

—¡¿Pero qué coño importa dónde me sentara?!

—Te sentaste ahí porque no estás cómoda.

Bajó los hombros, pero sin dejar la actitud desafiante.

—Elena, te sentaste ahí precisamente porque no te gusta sentarte ahí.

—¿Por qué iba a hacer eso?

—Porque sabías que te ibas a dormir.

—Pero eso no tiene ningún sentido.

—Lo tiene; sabías que te ibas a dormir y eso te ponía nerviosa.

—¿Por qué iba a estar nerviosa? No entiendo lo que dices...

—Era sábado, eran casi las diez de la noche. Dime, ¿qué hiciste antes?

—Nada. Los sábados me los tomo para mí.

—Ese no. Dime qué hiciste.

—¡No sé a dónde quieres llegar! Los sábados suelo estar en casa tranquila, es el día que me quedo para mí, que no tengo que hacer nada, que aprovecho y me relajo sola.

Empezaba a resquebrajarse. Era el momento de llegar al final.

—Era un sábado, 12 de abril. Los sábados te los tomas para ti, te relajas en casa, abres una botella de vino y te preparas tu cena favorita, . Aprovechas para sacar los pinceles y avanzar en tus acuarelas... pero ese sábado estabas sentada en medio del sofá, tiesa como una bujía, con el libro en la mano.

—Había quedado...

—¿Con quién?

—Había quedado... con él.

—Con él.

Empezó a mover los ojos de un lado a otro, como en la fase REM del sueño. Su expresión fue cambiando poco a poco, de la rabia que sentía en aquel momento contra mí por obligarla a recordar, a la sorpresa por entenderlo todo y, finalmente, a la resignación.

—Él. Me llamó poco antes de la cita.

—Sí.

—Quería cancelarla. Le pregunté por qué, pero no me dio ninguna explicación. Solo que se lo había pensado mejor.

—Era la primera vez en mucho tiempo que salías de tu cascarón.

—Me propusieron una cita a ciegas. Una compañera del trabajo. Me enseñó una foto.

—Y te dijo que él había visto una foto tuya y quería conocerte.

—Al principio me enfadé con ella. No me gustó que le enseñara una foto mía a un desconocido.

—Pero en el fondo, te gustó.

—Hacía mucho tiempo que no le gustaba a nadie.

—Y aceptaste esa cita.

—Le dio mi teléfono. Quedamos el sábado en una cafetería del centro.

—Pero él canceló la cita.

—Sí.

—¿Qué te dijo?

—Que lo había pensado mejor.

—Te dijo algo más.

—Que me había visto saliendo de la oficina y no era su tipo.

—Que no le gustabas.

—Que no le gustaba.

—Y entonces, todo el frío que habías ido acumulando durante años dobló el ataque. Y no supiste escapar de él. Dime, ¿qué hiciste?

—Pensé... que..., con el disgusto, no iba a poder dormir y me tomé un orfidal.

—Uno.

Me miró con tristeza. Sonrió con tristeza. Las lágrimas asomaron con tristeza. Y bajó los ojos antes de contestar.

—Me quedé mirando el blíster y antes de darme cuenta, había sacado todas las pastillas. Las tenía en la mano.

—No era la primera vez que lo pensabas.

—No, no lo era. Alguna que otra vez me había asustado a mí misma pensando lo fácil que sería.

—Y lo fue.

—Lo fue.

—Te las tomaste todas.

—Todas.

Me volvió a mirar. Ya no había tristeza en sus ojos, sino determinación.

—Me senté en el sofá, en la parte incómoda, pensando que así me lo pondría más difícil.

—Te arrepentiste.

—No, en el fondo no. No sé..., creo que sí quería arrepentirme.

—¿Y lo hiciste?

—Supongo que no. No creo que me diera tiempo...

—Ahora ya sabes qué hago aquí.

Me apretó la mano en señal de reconocimiento, pero no cambió la expresión de su cara. Solo preguntó:

—¿Cuánto hace?

—Casi ocho meses.

—¿Y me lo cuentas cada tarde?

—Y tú lo olvidas cada noche.

—¿Y qué te digo cada tarde?

—Que aún no.

Sonrió, como cada tarde, y me despedí.

Casi ocho meses en coma.

La encontraron por los pelos, pero no pudieron hacer nada más por ella que conectarla a un respirador artificial. Su familia mantiene la esperanza. Pero ella y yo sabemos que, antes o después, vendrá conmigo. Mientras tanto, la visito cada tarde, le recuerdo que me llamó y que yo contesté. Cualquier tarde de estas, me estará esperando. Y no tendrá que volver a recordar.

El puente

Vivo en Gayarena. No habréis oído hablar de él, lógico. Si yo no viviera aquí, tampoco lo conocería. No es mal sitio para vivir. 2457 habitantes, una plaza mayor decente donde se organizan de vez en cuando fiestas decentes, a pocos kilómetros de la costa; clima amable, gente amable; profesores no tan amables, pero no se puede tener todo.

Para un adolescente como yo, hay una sala de recreativos y algún bar donde hacen la vista gorda. También tenemos un cine donde solo hay unas cuantas semanas de retraso a la hora de estrenar los últimos pelotazos de la cartelera. En general, se vive bien. Salvo por el puente.

Todos los niños de Gayarena conocen la historia, aunque más que una historia, es una advertencia. Se nos cuenta desde bien pequeños para que vaya calando el mensaje. Es como el policía que te riñe si tienes una perreta, pero a lo bestia.

Me explico.

El puente está a las afueras del pueblo, muy bonito, aunque un poco descuidado. Unos veinte metros de pasarela de madera de teca, con barandillas a juego y un techado en color rojo teja, como el silo donde mi tío Pedro guarda el heno. Pasa sobre el río Almentar y hace de frontera norte. Para ir a Roblequemado, el pueblo más cercano, hay que atravesar ese puente, pero nadie lo hace. A unos dos kilómetros, antes de llegar a él, hay una valla que impide el acceso, aunque de no haberla, nadie lo intentaría, todos prefieren salir por la estatal, por la salida sur, y dar un rodeo de unos cinco kilómetros.

¿Qué le pasa al puente? Nadie lo sabe. Lo único que sabemos con certeza es que nadie llega vivo al otro lado.

Sé lo que pensáis: menuda patraña. Pues no lo es.

Todos los chicos del pueblo hemos crecido escuchando la historia de Rosa, una niña de siete años que se aventuró a cruzar el puente persiguiendo una mariposa y cayó fulminada casi al otro lado; Mauro, el borracho del pueblo, fue encontrado a mitad del puente, recostado contra la barandilla; y Máximo, el cura, escéptico donde los haya, que para demostrar que todo eran cuentos de viejas quiso pasar al otro lado y, sin que nadie se lo pueda explicar, se tiró al río a medio camino y nunca encontraron su cuerpo. Hay infinidad de casos. En Gayarena no viene el lobo, pero pisas el puente.

Cuando era pequeño, mi abuelo me llevó una vez. Cortamos los alambres que sujetan la valla de acceso (hay que decir que los sistemas de seguridad no son el fuerte del pueblo) y nos pasamos un buen rato sentados a unos veinte metros del puente, mientras me contaba historias de gente que lo había intentado. Desde entonces, solo he vuelto dos veces. Una cuando perdimos a Fox. Y otra, hoy.

Fox era mi mejor amigo. En el colegio nos mandaron hacer un trabajo sobre nuestro animal favorito y su entusiasmo por el zorro le valió su apodo. Vivía en mi misma calle, un par de casas más abajo. Desde la escuela infantil fuimos inseparables, casi hermanos. Pero él era un poco más atrevido que yo. Hace seis meses, unos chicos mayores le retaron a cruzar el puente. Era una apuesta recurrente, claro, para demostrar valor había varias opciones: «a que no entras en el cementerio de noche», «a que no te atreves a entrar en casa Adelita» (imaginad a qué se dedicaba Adelita), «a que no entras en el estanco y compras un paquete de Marlboro», «a que no pones un pie en el puente».

Fuimos al acabar las clases. Rompimos la alambrada que corta el paso y dejamos las bicicletas a unos cien metros del puente. Cinco minutos después llegaron Pedro y su banda, los retadores. Eran los matones oficiales del institu-to, casi era un honor que te desafiaran, porque si pasabas la prueba, serías uno de ellos. En realidad, era Fox quien había aceptado la apuesta, pero todos sabían que nosotros dos íbamos en paquete, así que era una invitación doble. Yo intenté convencerle para que no aceptara, tenía demasiado miedo, pero él dijo que sí sin pensarlo.

Y allí estábamos, de pie, ante el puente, con Fox un paso por delante de mí, respirando de forma agitada mientras intentaba reunir el valor para dar el primer paso; yo espe-rando y Pedro y compañía lanzando burlas detrás de mí.

No sé qué grito hizo que mi amigo se moviera, si el de «cobarde», el de «gallina», el de «te lo dije», «es un puto pringado», «vámonos». Creo que fue este último. Fox respiró hondo una sola vez y pisó el puente. Solo un paso, el pie derecho en la madera y el izquierdo donde estaba. Todo el mundo se calló. Fox paró. Todo se congeló. Yo aguanté la respiración y cuando volví a soltar el aire seguíamos todos en la misma posición. Le dije a Fox que volviera, que ya lo había demostrado, pero entonces alguien dijo a mi espalda «ni siquiera está dentro».

Y entonces, ocurrió.

Fue apenas un segundo. Fox metió los dos pies dentro del puente. De hecho, lo que hizo fue juntar el izquierdo que había dejado atrás con el derecho. Y así estuvo hasta que cayó. Cayó fulminado, como si un rayo invisible lo hubiera atravesado. No gritó. No oímos nada. Solo lo vimos caer. Ni siquiera como en las películas, que primero caen de rodillas y luego se desploman. No. Directamente, cayó de lado, cual largo era. Cayó hacia la izquierda, como si el lado que entró el último le hubiera supuesto un desequilibrio. No sé qué me hizo fijarme en eso, ni qué importancia podría tener, pero entonces me pareció un dato trascendental.

Corrí hacia él, mientras oía la desbandada que se estaba produciendo a mi espalda sin necesidad de verla. Cogí a Fox por los hombros, que se habían quedado fuera del puente al caer hacia atrás, y tiré de él. Alguna vez me he llegado a preguntar qué hubiera pasado si él hubiera dado algún paso más y yo hubiera tenido que entrar para poder rescatarlo. No sé si me habría atrevido. Algunas de las historias incluían rescates desde fuera con cadenas lanzadas. Por suerte, yo pude sacarlo sin entrar para nada en el puente. Pero era tarde. Fox estaba muerto.

Tardé tiempo en darme cuenta de que tendría que dejarlo allí para buscar ayuda. Los demás, como había escuchado, se habían ido. Estaba solo. Intenté buscarle el pulso, intenté reanimarlo como nos habían enseñado en los cursillos de primeros auxilios del colegio, le pegué, le grité y lo zarandeé, hasta que, por fin, me di cuenta de que no conseguiría nada. Al final, lo dejé allí y fui a casa a buscar ayuda. Mis padres estaban en la cocina, no me acuerdo de mucho más. Me escucharon; mi madre gritó y mi padre me zarandeó por los hombros. Mi madre cogió el teléfono, mi padre me abrazó y yo lloraba y gritaba. Lo recuerdo como una película, con el protagonista víctima y culpable a la vez, al que tienen que sedar para que se tranquilice. Creo que fue lo que hicieron, porque lo siguiente que recuerdo es despertarme en mi cama. Durante unos segundos pensé que me lo había imaginado todo, pero, al final, la realidad se impuso. Lloré un rato antes de salir de la cama y me aseguré de estar mínimamente presentable para bajar a la cocina. Mis padres estaban allí, hablando en voz baja. Me hicieron sentar en la mesa de la cocina y se sentaron uno a cada lado. Ahí me quedó claro que nada había sido un sueño. Me contaron lo que ya sabía y me preguntaron, con todo el cariño del que fueron capaces, qué era lo que había pasado. Lo conté. Al menos, lo que recordaba. Me recomendaron quedarme en la cama. Les dije que ni de coña. Pero tampoco hice mucho más.

Al día siguiente fue el funeral. No me dejaron acercarme al ataúd ni me dejaron acercarme a los padres de Fox. En su momento no lo entendí. Hoy, en la distancia, sí. Me miraban con recelo. No les culpo. Él no estaba. Yo sí.

Pasó el tiempo. Me gustaría decir que lo superé. Mis padres piensan que sí. Me mandaron a un psicólogo. Era bastante legal, pero en la primera visita supe que no me ayudaría. Aun así, fingí para que todo el mundo estuviera contento y me dejaran en paz. Me fui curando a mí mismo. Cuando el sentimiento de pérdida se fue, quedó el de culpa. Fox había decidido entrar, pero siempre pensé que yo podía haberle hecho cambiar de opinión. No era probable, porque era el tío más obstinado del mundo, pero quién sabe. Y una vez que el sentimiento de culpa se fue, quedó la curiosidad. Una cosa eran las historias que habíamos oído de niños, que no sabes si son verdad o pura superstición. Pero yo había visto morir a mi amigo con mis propios ojos. Y ahí sucedía algo.

De todo esto hace casi un año y no me lo he podido quitar de la cabeza. He investigado por mi cuenta, aunque no he encontrado gran cosa. He contactado con gente muy variopinta que tiene teorías de lo más inverosímiles, desde una toxina que solo vive en ese puente hasta una conspiración extraterrestre, pasando por una simulación digital. No muy imaginativas, tengo que decir. Nada que me termine de convencer.

Me acerco muchas veces al puente. Siempre me quedo a distancia, pero hoy, no me preguntéis por qué, me he acercado. Justo al lado del puente, he notado una especie de vibración, no sabría explicarlo, pero era claramente perceptible. Una energía que me erizó el vello. Sin pensarlo demasiado, acerqué mi pie izquierdo justo al borde del puente, sin llegar a pisar. Noté un zumbido. Retiré el pie. El zumbido cesó, pero no la sensación de electricidad. Volví a acercar el pie y el zumbido volvió. Posé el pie. Se intensificó. Pero no era desagradable, sino todo lo contrario.

Era una especie de cosquilleo que te atravesaba los nervios y, antes de darme cuenta, había posado el pie derecho dentro.

Crecí. Me gradué y jugueteé con las drogas. Dormí en la calle. Me rehabilité. Me casé y me divorcié. Me refugié en el alcohol. Pedí ayuda y entré en Alcohólicos Anónimos. Me rehabilité por segunda vez. Conseguí un empleo. Crecí de nuevo y me volví a casar. Me ascendieron. Compré una casa. Llevé al altar a mi hija. Me jubilé con una barbacoa para mis vecinos y amigos. Me mudé. Mi mujer murió. Mi hija me buscó una residencia. Me visita una vez al mes.

Y yo no llegué a dar dos pasos dentro del puente.

No sé a qué altura habrán encontrado mi cuerpo, si como Fox justo a la entrada o más adelante. Pero aquí, en el puente, el tiempo pasa a una velocidad mucho más rápida. Un paso allí es una vida entera aquí. No sé qué vivió Fox. No sé qué vida tuvo Rosa. No sé qué vio Max. En cuanto entras en el puente, tu vida pasa a una realidad paralela como si fuera un bólido y cuando mueres allí, también lo haces aquí.

Dicen que la curiosidad mató al gato, pero que murió sabiendo. Supongo que iré al cielo de los gatos.

La colección de objetos

La primera vez que la vi pensé que se trataba de una broma. Desde que había aceptado aquella cita a ciegas, me había imaginado mil escenas diferentes con mil mujeres diferentes, pero ni en mis mejores sueños hubiera esperado encontrarme a nadie como ella. Desentonaba en la puerta del bar como una orquídea en medio de un zarzal. No muy alta, tampoco muy delgada, ni muy rubia. Sin ser muy nada, era muy todo. Seguro que sabéis a qué me refiero.

Había pensado llegar pronto y esconderme cerca para poder verla antes de presentarme. No penséis mal, tampoco iba a salir huyendo sin decir nada si no me gustaba, simplemente, quería estar preparado. Tomás, la persona que nos había puesto en contacto, me había asegurado que era una auténtica delicia, pero también adoraba la tortilla de patatas con kétchup, por lo que no era una fuente fiable. Trabajábamos en el mismo gabinete desde hacía años, y las conversaciones delante de la máquina de café habían terminado por convertirnos en amigos.

—Te va a encantar, de verdad —había dicho la primera vez que me habló de ella—. Es amiga íntima de Patricia, y está soltera.

—Tom, no me apetece conocer a nadie, de verdad.

—Pero vamos a ver, ¿cuánto hace que lo dejaste con Noelia, dos años? ¿No te parece que es momento de seguir con tu vida? El duelo ya pasó, solo estás intentando evitar que te vuelvan a hacer daño.

—¿Puedes dejar de hacerme terapia?

—¡Es que sé que te va encantar!

Había terminado por decir que sí solo por no seguir aguantándole. Me dio su teléfono.

—Espera tu llamada.

—¿Pero le has dicho que la voy a llamar? ¿Estás loco?

—Necesitas un empujón.

Puto Tomás...

Por supuesto que la llamé. La verdad es que por teléfono parecía simpática.

—Hola, ¿Clara? Soy Maxi, el amigo de Tomás.

—¡Hombre, mi cita incómoda! ¿Cómo estás?

Se rio con un desparpajo refrescante. Me dejó elegir el lugar y pensé que para una primera cita prefería un sitio desconocido para los dos; daba por hecho que sería una primera y única cita y no quería llevarla a un sitio donde me pudiera encontrar luego (sí, ya lo sé, *Atracción fatal* me dejó huella). Me habían hablado de un local que estaba de moda, así que la cité allí.

—¿Te parece bien en el Tres Patas?

—¿Por qué crees que le han puesto ese nombre? —preguntó a su vez.

—Pues no lo sé. Me han hablado bien de él, pero si prefieres otro sitio...

—No, está bien. Aunque solo seamos dos patas. ¿Nos vemos dentro? ¿Alguna marca distintiva para saber quién eres?

—Pues no sé, puedes llevar una rosa y yo un libro... No, creo que es mejor que quedemos en la puerta, así no pareceremos tontos buscando en cada mesa.

En cuanto la vi, pensé en un videojuego. No soy muy aficionado, pero de todos los que he jugado he aprendido una cosa: si algo te llama la atención, es eso. La X marca el tesoro. Y tuve claro que estaba mirando una X. Estaba de pie junto a la puerta, apoyada contra la fachada. No miraba un móvil. No se miraba las uñas. No disimulaba de ninguna forma. Miraba todo lo que tenía alrededor, con una seguridad que ya quisiera yo. Era descarada en su porte y destilaba una elegancia que parecía salirle innata. Durante unos momentos me asaltó una inseguridad que creía superada.

«Pues nada, Maximino, valor y al toro».

Me reconoció nada más acercarme. Me sonrió y se despegó de la pared.

—¿Habías visto alguna foto mía o algo? —le pregunté en cuanto vi que me reconocía.

—No, pero huelo el miedo a distancia —contestó divertida.

Aquella fue la primera cita de los ocho años que pasamos juntos. Maravillosos todos. Aunque de lo que os quiero hablar es de la primera vez que subí a su casa. Llevábamos viéndonos un par de semanas. Ya había saltado la chispa; bueno, esa había prendido al minuto uno. Sería más acertado decir que ya no era el elefante en la habitación. Los dos teníamos claro que había habido llama y humo, y que el incendio se empezaba a propagar. Me citó en su casa después del trabajo.

Cuando piqué al timbre, me respondió la misma voz cantarina, pero más metálica, distorsionada por metros de cables.

—Estaba a punto de meterme en la ducha. Sube, te dejo la puerta abierta. Salgo enseguida.

Lo bueno (y lo malo) de los comienzos es que nada parece cierto y todo es posible. La inseguridad está a la orden del día. ¿Me habré precipitado besándola? ¿Le habrá gustado el regalo? ¿Habré elegido bien el restaurante? ¿Pegan los pantalones con el jersey? ¿Y si la película no le gusta y está disimulando? ¿Será verdad que hoy no puede quedar o es que se está cansando de mí? ¿Con cebolla o sin cebolla? Las mariposas en el estómago pueden ser encantadoras o puñeteras. «Me meto en la ducha, dejo la puerta abierta». ¿Era una invitación? ¿Y si me meto en la ducha con el micrófono en ristre y meto la pata? Todo esto subía pensando por las escaleras.

La puerta estaba entreabierta. Entré casi de puntillas, como quien entra a un mausoleo en completo silencio. El recibidor era minúsculo, en apenas dos baldosas ya estabas en medio del salón. Desde allí, varias puertas se abrían a otros cuartos, sin pasillo. Una de ellas estaba cerrada y dejaba salir, amortiguado, el sonido de la corriente de agua. Así que la invitación no era tan espléndida como había podido suponer.

A falta de mejor cosa, me dediqué a husmear el espacio. Era tal y como me lo esperaba. Como ella, supongo. Claro, diáfano, luminoso. Dos ventanales enormes daban a la calle, y entraba una claridad que se reflejaba en los muebles claros y en los adornos dorados. No había mucha decoración: un espejo aquí, un jarrón allá, algunas plantas... Pero todos perfectamente combinados de tal forma que cualquiera daría medio brazo con tal de no salir de allí.

Iba recorriendo cada superficie como un gato reconocería un espacio nuevo: tocando, oliendo, saboreando. Y, de repente, en medio de aquella paz, ¿un cenicero?

Me acerqué más, esperando que fuera otra cosa, algún trampantojo de esos modernos que, si los miras desde una perspectiva, ves un cenicero asqueroso, pero en cuanto caminas dos pasos te encuentras con una rosa dorada, con un gatito mimoso o un yo qué sé encantador. Pero no, era lo que parecía. Un cenicero triangular, amarillo, de plástico, con las letras CINZANO grabadas en un lateral, en rojo ofensivo. Y encima, lleno hasta arriba de ceniza y con tres colillas. Si me hubiera encontrado un unicornio con cuerno y todo no me hubiera chocado más. Nunca había visto a Clara fumar. Tampoco olía a tabaco, ni a menta, ya puestos a pensar que podía disimular. De hecho, el piso no olía tampoco. Y encima, ¿Cinzano? Era una marca de vermut que tomaban mis padres los domingos.

«¿Me estás diciendo que esta mujer sofisticada, elegante, no solo fuma como un carretero, sino que tiene el cenicero más cutre de la ciudad?».

—Estás aquí, ya estoy, solo tengo que calzarme y nos vamos.

Clara salió del baño como quien sale del *fotocall* en una alfombra roja. Estaba deslumbrante, como siempre.

—He pensado que podríamos ir a ese local de moda, el Scorpions, me han hablado muy bien de él, buena música, buen ambiente... mañana tengo que madrugar, pero tenemos al menos un par de horas y... ¿estás bien?

Clara había llegado al mueble zapatero y había sacado un par de manolos rojos, antes de darse cuenta de dónde estaba yo y de que no le estaba haciendo caso.

—Sí, claro. Estaba cotilleando un poco y me he encontrado con esto —señalé.

—Es un cenicero —contestó levantando las cejas, como si le sorprendiera la pregunta.

—Ya..., sí, ya lo veo. Es que no te había visto fumar hasta ahora.

—Y ahora tampoco me has visto...

—Quiero decir que no sabía que fumabas.

—Y no lo hago. Lo tengo ahí para las visitas. La gente se corta de fumar en casa ajena, así que, cuando viene alguien nuevo y ve ese cenicero repleto, se relaja. Me gusta ponerle las cosas fáciles a la gente.

Estalló en carcajadas tres segundos después de decirlo. Yo no había sido capaz de hilar dos palabras para contestar y mi cara era todo un poema, según me dijo. Entonces me habló de su abuelo. Estaban muy unidos, había muerto hacía algunos años y quería conservar algún recuerdo suyo, pero quería que fuera algo significativo, que realmente le recordara a él. Y como era un fumador empedernido, se quedó con el cenicero tal y como estaba cuando murió.

—Mi madre odiaba que su padre fumara y no entendió cómo me podía quedar con eso; pero yo siempre recordaré el olor de mi abuelo cuando me abrazaba; olía a tabaco y a regaliz.

—¿Y es lo que buscabas? ¿El olor a tabaco?

—No, no creo. Lo cogí días después de que él apagara su última colilla ahí. No olía a tabaco. No olía a nada. Supongo que ya estaba muy pasado, ¿el tabaco se pasa? —me preguntó—. No, yo solo quería tener un recuerdo de mi abuelo. No quería el típico adorno que puede estar en cualquier casa. Quería algo que realmente me recordara a él.

No puedo asegurar si aquel fue el momento en el que me enamoré de ella. Creo que ya lo había hecho antes, pero entonces sí fui consciente de que no quería vivir ni un segundo más sin ella. Y no lo hice. Incluso hoy, que ya no estoy, cuando veo que conserva mi maquinilla de afeitar, medio oxidada, llena de pelillos, no puedo dejar de quererla. Me pregunto por qué, entre tantas cosas que se podía haber quedado, eligió esa.

No sé muy bien si estoy camino del cielo o del infierno. Puede que no esté camino a nada y la muerte sea simplemente esto: una soledad eterna. Siempre pensé que me encontraría con mis seres queridos, pero aquí no hay nadie. Ojalá estuviera su abuelo; le preguntaría cómo es eso de convertirse en recuerdo. Pero, de momento, creo que tengo todo el tiempo del mundo para pensar qué me quedaría yo de ella.

La confesión

«Perdóneme, padre, porque he pecado».

Jamás creí que aquellas palabras, a las que había dado réplica durante tantos años, fueran a convertirse en mi peor pesadilla.

Era muy joven cuando sentí la llamada de Dios, y no la de los negocios, para disgusto de mis padres. Fui a nacer en una familia, si no rica, al menos, acomodada. Mi padre había heredado de mi abuelo unos terrenos con viñas a los que, con trabajo duro y un poco de suerte, consiguió convertir en una próspera bodega. Mi madre, por su parte, se encargó de la otra parte práctica del asunto, llevando la casa y proporcionando un buen número de herederos que colaboraran en el negocio familiar, de los que yo, por ser el primogénito, estaba destinado a heredar el trono y todas sus responsabilidades.

Tras las lecciones que cada día compartía con mis hermanos, mi padre me llevaba a dar un paseo por los viñedos mientras me hablaba del deber, de mi papel como futuro director, de mis hermanos y mis hermanas, y de cómo dependerían de mí. Mientras mi padre hablaba, yo pensaba, y no era en los negocios.

Aún recuerdo el día en que les confesé a mis padres que quería ordenarme sacerdote, alentado por mis hermanos, que estaban al tanto de mis inquietudes. Mi padre dejó de hablarme durante semanas, aunque en aquel momento habló, mucho y muy alto. Mi madre se pasó días llorando y pidiéndome que recapacitara, y no se le ocurrió otra cosa a la buena mujer que ir a buscar al párroco del pueblo para que me hiciera entrar en razón. Aquella charla con el padre Alfonso terminó de convencerme de que aquel era el camino que quería tomar. Al cabo de cuatro meses, mi padre, ante mis amenazas de irme de casa, y viendo que mi voluntad era firme, terminó dándose por vencido y me permitió ingresar en el seminario de Oviedo.

Mi primer destino al ordenarme sacerdote fue una pequeña parroquia de Burgos, y allí permanecí durante casi treinta años. Más de una vez intentaron cambiarme de parroquia, me ofrecieron ascensos, pero yo siempre rogué por quedarme con mi pequeño rebaño; Dios sabrá cómo les convencí una y otra vez de que mi sitio estaba allí. Es un pequeño pueblo de unos trescientos habitantes, cabezas arriba o abajo. Cuando la nieve lo permite, me desplazo un par de veces por semana a otro pueblo más pequeño a unos veinte kilómetros, para dar el sacramento y escuchar en confesión. Los domingos doy misa en ambas iglesias. Conozco a cada uno de mis parroquianos y también a los que no vienen nunca. Cada día salgo a pasear por las calles empedradas, saludo y converso, observo, y me tomo un vino en el bar del Chato. Los días de nieve me conformo con salir al porche de la iglesia. Si el tiempo acompaña, me acerco al río Arlanzón y me siento a su orilla a escuchar el chapoteo de las carpas. En verano aparecen algunos turistas en busca de la paz que se les escapa en las ciudades; suelo charlar con ellos, me gusta saber de dónde vienen y cómo ven el mundo fuera de nuestras cuidadas huertas, aunque a pocos consigo convencer para que me visiten en la iglesia. En todos esos paseos, sean largos o cortos, siento que estoy en casa.

Cada día escucho en confesión de seis a siete de la tarde, justo antes de la misa diaria, aunque todos los vecinos saben que, al margen del horario fijo, los escucho en cualquier momento que me necesiten. A veces los conozco por cómo entran al confesionario, por sus pisadas; algunos se santiguan antes de hablar y oigo el roce de sus prendas al moverse antes que su voz, otros entran como un elefante en una cacharrería y otros hablan tan entre susurros que me cuesta oírlos.

A él no le oí ni entrar. Incluso me sobresaltó oír de repente su voz, la fórmula clásica al otro lado del panel:

—Ave María Purísima.

—Sin pecado concebida —contesté abriendo la trampilla.

—Perdóneme, padre, porque he pecado.

—Dime, hijo mío, en qué forma has pecado contra Dios.

—Lo he matado, padre.

Me quedé helado. ¿De verdad acababa aquel hombre de confesar un asesinato? Miré a través del enrejado, aunque con lo tupido que era y la penumbra de la tarde, apenas podía distinguir sus rasgos. Nada en él me parecía conocido: una nariz prominente en un rostro que se me antojaba excesivamente demacrado. Miraba hacia abajo, pero no apoyaba las manos entrelazadas por delante del rostro en la postura de oración que solía adoptar la gente, él, simplemente, miraba al suelo. No dijo nada más.

—Hijo, ¿me estás diciendo que has matado a una persona?

—Sí —contestó con voz baja.

—Pero por Dios Todopoderoso, dime, ¿dónde ha sido? Tal vez no esté muerto, quizá estemos a tiempo y podamos enviar a...

—Padre —me interrumpió—, está muerto, me he asegurado de ello.

Me resultaba aterradora la tranquilidad con la que hablaba, como si me estuviera contando que acababa de sacar de paseo a su perro. En un primer momento pensé en llamar a la policía, pero el secreto de confesión es sagrado y ni siquiera algo tan grave debía salir de mi boca. Se me ocurrió que, ya que no podía decirlo a nadie, quizá podría hacerle entrar a él en razón y convencerle para que se entregara él mismo.

—Hijo, ¿te atacó?, ¿intentó hacerte daño? Porque si fue eso, en defensa propia, puede que la policía...

—No me atacó. Estaba sentado leyendo. Cuando me oyó acercarme, ya no tuvo tiempo de reaccionar.

—Pero, entonces, ¿por qué lo has hecho?

—Porque lo odié. Lo vi allí sentado, a la orilla del río, y lo odié. Lo odié con tanta fuerza que no pude ver más que la piedra que tenía al lado y las ganas de arrancarle aquel periódico que tenía en la mano. Lo odié por cada palabra de desprecio que me había dedicado, por cada vez que se había enfrentado a mí, por cada amigo al que había puesto en mi contra, por cada decisión que ha tomado y que nos ha costado tanto. Lo odié, como él me ha odiado a mí.

—¿Lo conocías entonces?

—Por supuesto que sí, padre. Lo conocemos de sobra.

Al decir aquello, levantó levemente la barbilla para mostrarme una sonrisa burlona. Pensé en que aquello no podía estar pasando. Aquel hombre tenía que estar gastándome una broma. Había escuchado a beatas confesar malos pensamientos hacia sus vecinas con más arrepentimiento que él confesando algo tan horrible como un asesinato. Tan impactado estaba, que solo acerté a hacer una pregunta:

—¿Quién?

—Álvaro Navarro.

Las paredes del confesionario parecieron encoger de repente. Empecé a notar un sudor frío que partía de mi frente y se expandía hacia mi espalda. Álvaro Navarro era el alcalde del pueblo. Había llegado a la alcaldía hacía dos años y en aquel tiempo nos habíamos enfrentado incontables veces a cuenta de sus decisiones, tanto en los plenos municipales, como en la calle o en el bar. Él tenía una visión laica de la vida que chocaba de lleno conmigo. El último campo de batalla había sido, apenas una semana antes, empeñado como estaba en quitarme la casa del pueblo, donde hacíamos la catequesis, entre otras actividades.

—¿Álvaro Navarro? ¿El alcalde?

—Exacto, padre. Sabes muy bien que se lo merecía.

—¿Que se lo merecía? Hijo, nadie merece morir de esa manera.

—¿De qué manera, padre?

—Pues... asesinado, por manos ajenas. Esa decisión solo está en manos de Dios.

—Y en ellas ha estado, padre.

—¿Qué quieres decir? —aquella afirmación me hizo pensar en un demente—. ¿Has oído voces? ¿Alguien te ha ordenado que lo hicieras?

—Oh, vamos, padre, ¿de verdad vamos a entrar ahí? Llevamos oyendo la voz de Dios desde niños. ¿No es por eso por lo que te enfrentaste a tus padres y no quisiste hacerte cargo de la bodega? ¿No es por eso por lo que tuviste que pedir ayuda a Salvador?

¿Salvador? Estaba claro que aquel hombre me conocía. Sentí un impulso de salir de mi pequeño cubículo para enfrentarme a él, para saber con quién hablaba, pero reconozco que, a aquellas alturas, estaba completamente aterrorizado.

—¿Cómo sabes eso?

—¿Y por qué no iba a saberlo? Lo sabe todo el pueblo, es una historia que te encanta contar, cómo estabas destinado a dirigir una gran bodega y renunciaste a ello por vocación.

—Lo de Salvador no lo sabe nadie. Eso no lo he contado nunca.

—Pero es cierto, padre. Salvador convenció a tu padre para que te dejara entrar en el seminario, sin él no lo habrías logrado. Fue él quien le demostró a tu padre que podía hacerse cargo de la bodega, aunque fuera el segundo hijo. De no haber sido por él, tu padre jamás habría accedido.

Era cierto, por supuesto; pero solamente alguien que me conociera muy bien, o que conociera a mi familia, podría saber de mi hermano Salvador. Cuando yo contaba la historia de mi vida, procuraba que fuera un ejemplo de la fuerza que podía tener la fe, y, por tanto, no contaba que mi hermano había sido la baza definitiva al ofrecerse a coger las riendas del negocio en mi lugar. Aquel hombre me conocía. Iba a salir del confesionario para ver quién era cuando siguió hablando:

—En realidad, sabía que estaría allí. Todas las tardes se toma un par de chupitos donde el Chato, y luego va hasta el río, donde la viuda de Tomás, y se sienta a la orilla a leer el periódico que se le haya quedado rezagado de la mañana. Si hace bueno, se descalza y mete un pie en el agua para refrescarse. Si hace mucho calor, mete los dos. Fui sabiendo que estaría allí, aunque todavía no sabía que le iba a matar. Lo primero que vi fue su calva, reluciente como una bola de billar, y a medida que avanzaba iba notando cómo la bilis que había tenido que tragar durante meses se me iba acumulando en la garganta. Estaba tan tranquilo, con un cigarrillo en la mano derecha, intentando sostener con la izquierda el periódico doblado de cualquier manera. No sé qué noticia estaría leyendo, pero sonreía, el muy cabrón. Tenía esa sonrisa que siempre ponía cuando sabía que había jodido a alguien. Sonreía igual que cuando te dijo que recuperaba para el

Ayuntamiento la Casa del pueblo. Sonreía con esa sonrisa que no puedes soportar, padre. Vi a su lado una piedra de buen tamaño. Sin pensarlo siquiera, la cogí y le golpeé en la sien. El primer golpe bastó para que cayera al agua, aunque no para que perdiera el conocimiento. Para eso tuve que sujetarle la cabeza bajo el agua hasta que noté que dejaba de forcejear. Después, aún le mantuve la cabeza hundida un par de minutos más, por si acaso. Tenía un zapato puesto, no hacía el suficiente calor. Lo dejé irse con la corriente, quién sabe dónde estará ahora.

Escuché aquel relato sin pronunciar una palabra, sin apenas respirar. Álvaro Navarro había sido mi peor pesadilla desde hacía dos años y ahora, aquel desconocido me decía que había desaparecido. Sin embargo, aparte del hecho de que se hubiera cometido un asesinato, había algo en aquella historia que me ponía los pelos de punta.

—Dime, ¿quién eres?

—¿Es que no me reconoces, Fausto? ¿Después de tanto tiempo?

—¿Debería?

—¿Tanto temes al espejo?

Mientras volvía a escudriñar el panel del confesionario intentando distinguir algún rasgo conocido, escuché las sirenas. Cuando me sacaron del confesionario, tras varios avisos, aún seguía viendo la silueta a través de la reja, sin mirarme directamente, pero con aquella sonrisa siniestra. Los psiquiatras siguen mostrándose optimistas. Dicen que terminaré recordando lo que hice, aunque, tras año y medio internado en el psiquiátrico, yo ya no tengo demasiada esperanza.

La maldición

Dime, ¿crees en las maldiciones? ¿No? Yo tampoco, hasta que me echaron una. Una absurda, además. Si piensas en cosas como el mal de ojo, te imaginas una escena dramática, una vieja con los ojos cegados por las cataratas, la cara agrietada como un pergamino y un pañuelo anudado en torno a la cabeza, levantando la mano huesuda y señalándote mientras grita algo incomprensible con genuino rencor. Uno esperaría recibir una maldición de alguien así. Pues no. Lo mío fue una ridícula pelea de bar en una noche de borrachera.

No suelo beber mucho, no soy lo que se dice un fiestero; me tengo por alguien bastante tranquilo, incluso algunos dirían aburrido. Aquella noche me habían invitado a asistir a una cena de antiguos alumnos de la universidad. No es que me apeteciera demasiado, pero son este tipo de cosas que luego te arrepientes si no vas, así que confirmé asistencia y me planté en el bar a la hora señalada. La verdad es que lo estaba pasando bien, hasta el incidente. Ya sabes, empiezas a encontrar gente con la que te llevabas bien, alucinas de lo que habéis cambiado, recuerdas batallitas, y cuando te das cuenta, llevas ya dos cañas, tres copas de vino y a la hora del postre te apuntas al chupito. Pensé en irme a casa después del café, pero los demás insistieron en que me quedara, y para ser honesto, no tuvieron que insistir demasiado.

Fuimos a unos cuantos bares de copas: música, gente, jaleo... lo normal. Todo iba bien cuando, en el tercer bar, tropecé con un tío. No fue nada grave, el bar estaba abarrotado, podía pasarle a cualquiera, pero me pasó a mí con aquel energúmeno. Medía al menos veinte centímetros más que yo y era bastante más ancho, una auténtica mole. Tendría que haberme disculpado y seguir con la fiesta, pero, con la falta de sensación de peligro que otorgan los gin-tonics, le dije algo así como *quita-de-en-medio* y, posiblemente, añadí algún adjetivo enfático como *capullo*. El hombre se dio media vuelta, se me encaró y empezó la típica discusión de borrachos en la que uno grita, el otro empuja, los amigos de ambos se meten en medio y los porteros del bar nos echan a todos. Una vez en la calle, la bronca siguió, y a punto estuvo de llegar a una batalla campal, que solo frenó cuando vimos las luces de un coche de policía venir a lo lejos.

Y llegó el desastre.

Antes de la disolución de los dos grupos, cada uno en una dirección distinta, se me ocurrió despedirme de mi oponente con un *vete-a-cagar*. Él, que ya se iba empujado por un par de amigos, se dio la vuelta y me miró con una sonrisa triunfal, como si fuera justo lo que hubiera estado esperando. Antes de que uno de sus amigos se lo llevara a rastras, me señaló y me dijo:

—Irás tú, y sumarás, hasta que te ahogues.

No recuerdo mucho más. La policía estaba ya casi encima, mis amigos tiraban de mí y los suyos de él. Todos nos fuimos de allí corriendo y para mí se acabó la fiesta. Ni que decir tiene que al día siguiente me desperté con una resaca como no recordaba haberla tenido. Estuve todo el día con el estómago revuelto, un dolor de cabeza espantoso y sin levantarme del sofá.

No fue hasta una semana más tarde que volví a acordarme de la extraña frase de mi amigo. Vivo solo, así que tengo bastante bien calculado cuánto me duran las cosas. Un paquete de pasta me llega para casi diez platos. Compro dentífrico cada tres meses, más o menos. Dieciséis cápsulas tiene la caja de café con leche, así que tengo para quince días, puesto que solo me hago el café del desayuno. Todo calculado. Y un rollo de papel higiénico no me dura una semana entera. Ni de coña.

Vamos a ver. Podemos pensar que esa semana, cuando me di cuenta, pasé más tiempo en el trabajo, fui más al gimnasio, en fin, pasé menos tiempo en casa... menos tiempo en el baño. Pero recordaba haber cambiado el rollo de papel justo antes de ir a la cena de antiguos alumnos, y ocho días después, parecía intacto. No es que hubiera menguado de tamaño, es que parecía recién puesto, y caramba, no quiero entrar en detalles, pero yo sabía que lo había utilizado. Solo con lo que pasé al día siguiente, debería haberse reducido considerablemente.

Los días pasaban, y aquel rollo no solo no menguaba, sino que parecía aumentar de tamaño. Sé que parece una locura, pero cada vez parecía más gordo. Quise creer que eran invenciones mías, hasta que ya no giraba en el portarrollos, porque rozaba con el tope. Para estar seguro, lo saqué

45

de allí y lo comparé con uno de los que estaban sin sacar todavía del paquete, y joder, era más grande. Lo volví a colocar en el portarrollos y empecé a tirar de él como los gatos de los vídeos de TikTok.

Desenrollé y desenrollé hasta que me dolieron los brazos. Tenía el baño inundado de papel higiénico, pero aquel puñetero rollo no solo no había menguado de tamaño, sino que era más grande. En aquel proceso había levantado la tapa del portarrollos porque no giraba y, en ese momento, sobresalía, al menos, un par de centímetros.

Ponte en mi lugar. Tengo un rollo de papel higiénico que parece crecer cada vez que tiras de él, todo el suelo del baño lleno de papel higiénico, y un portarrollos en el que no cabía. Era físico y real. Para volverse loco.

Recogí todo y me puse a buscar en Google. Me harté de ver publicidad de marcas de papel higiénico que prometían ser kilométricas, blanditas y económicas, y, entre anuncio y anuncio, llegué a una página llamada Maldiciones modernas. Ya te he dicho al principio que no creo en maldiciones, pero en aquel momento estaba dispuesto a escuchar al mismo diablo si se me presentara en el salón. En aquella página hablaba de la historia de las brujas, de cómo habían evolucionado hasta llegar a nuestros tiempos y habían aprendido a manejar nuestras nuevas debilidades. Me llamó la atención, pero no lo suficiente como para seguir por aquel camino. Aún creía que era posible encontrar una explicación racional.

Con el paso de los días, me quedaba más claro que esa explicación no sería posible. Cada vez que iba al baño, aquel rollo crecía. Tenía miedo de estar en casa porque en algún momento tendría que ir al baño y eso haría aumentar el volumen del rollo. No sabía a quién contar nada de aquello, pensarían que estaba loco.

Intenté dejar el rollo como estaba y utilizar otro, pero el rollo iba aumentando cada día, incluso sin hacer nada. A eso llega el subconsciente, llegué a estar tres días sin soltar lastre. Lo siento, sé que no suena bien, pero no te gustaría más la opción original.

Al mes y medio, a punto ya de volverme totalmente loco, el papel higiénico empezaba a salir del baño e invadir el pasillo. Cada día tenía que recoger un montón de celulosa procesada del suelo de mi casa y tirarla. Al principio pensaba en el daño al medio ambiente, para no pensar en el daño a mi mente. Luego, esa escapatoria dejó de servir. Cada día recogía dos bolsas enteras de papel. Luego tres. A la cuarta, ya llegaba a mi cuarto. Empezaba a cobrar sentido la frase: «sumarás, hasta que te ahogues». Me empecé a preguntar cuánto tiempo tendría que pasar hasta que el papel higiénico me llegara a los hombros, o más arriba. Era una idea aterradora. Ahogado por papel higiénico. No me jodas.

A los dos meses, en el trabajo querían que cogiera la baja por estrés, depresión o por cualquier cosa. No sabían por qué, porque yo no había contado nada a nadie, pero sabían que no estaba bien. No rendía, no me centraba, no estaba. No les culpaba, pero tampoco podía explicarles qué estaba pasando. A la desesperada, volví a la página de Maldiciones modernas y me puse en contacto con ellos. Era una dirección de *email* donde podías enviar tus preguntas, inquietudes, sugerencias… o facturas, vete a saber. Les envié un mensaje explicando más o menos lo que me pasaba. No fue fácil, cómo explicas semejante locura. No contaba con que me contestaran, pero lo hicieron al día siguiente. Querían saber más. Me enviaban una serie de preguntas que debía contestarles. Algunas tenían su lógica, querían saber si tomaba drogas o me habían diagnosticado alguna enfermedad mental; otras eran verdaderamente absurdas: del tipo *¿está usted en contacto con alguna entidad alienígena?* Bueno, entonces ya me tomaba en serio cualquier cosa.

Nos vimos dos semanas más tarde. Eran una pareja de argentinos. Bueno, él era argentino, ella era española, pero algo del acento se le había pegado. Mucho tiempo juntos, me dijeron. Para cuando terminé de responder a todas sus preguntas ya estábamos cenando y me habían convencido. Me confirmaron que había sido víctima de una maldición. Una no muy convencional, es cierto, pero los tiempos avanzan, y ya no es efectivo agriar la leche o malograr las cosechas. No tenían ninguna duda de que aquel energúmeno me había echado una maldición y que cargaría con ella hasta que terminara conmigo. ¿Hasta que me ahogara en Scotex? ¡Venga ya!

—Bien —me dijeron—, todas las maldiciones se pueden revertir. Depende del precio que quieras pagar.

Ahí hablábamos ya un idioma que yo podía entender, pero, por supuesto, no era tan fácil. Cuando hablaban de precio, se referían a algo personal, no monetario. Intentaron advertirme del peligro que eso suponía, pero yo estaba lo suficientemente desesperado como para tirarme de cabeza a cualquier plan sin pensar en las consecuencias. Quedaron en investigar y llamarme.

Lo hicieron una semana después. Tenían un contrahechizo, por llamarlo de alguna manera. Podían librarme de la maldición, pero no sabían qué consecuencias tendría. Me lo dejaron muy claro. Insistieron tantas veces como yo les dije que quería probarlo. Me citaron para dos días después.

Me recibieron en su casa y me presentaron a varias personas que habían invitado para que ayudaran, gente de toda confianza, según ellos. Me los presentaron a todos, y todos y cada uno de ellos se compadecieron de mí de una forma morbosa. No habían conocido a nadie que hubiera sufrido una maldición. Era como ser la atracción principal de un circo de los horrores. A todo el mundo le repugna, todo el mundo te compadece, pero no pueden evitar mirar. Todos querían ayudar, pero sospecho que a más de uno le movía más la simple curiosidad.

Formaron un círculo conmigo en el centro. No puedo decir mucho de lo que pasó, porque me dieron una infusión de a saber qué, que, según me dijeron, me provocaría un estado de alucinación. Era absolutamente necesario porque necesitaban que mi mente fuera totalmente receptiva, de lo contrario, no funcionaría. Me la bebí de un sorbo. Ni pestañeé. Entré en el círculo. Todos se pusieron alrededor. Las persianas ya estaban bajadas y las velas encendidas, así que había una atmósfera un tanto irreal, que continuó durante todo el ritual. Cantaban todos juntos, algo ininteligible, todos a una. Casi en susurros al principio, aunque fueron alzando la voz hasta llenar toda la habitación. Alguien hablaba, pero no sé quién. En algún momento me desmayé, y lo siguiente que recuerdo es que me estaban dando agua, a sorbos. Estaba acostado en el sofá y todo había terminado.

Me despidieron entre abrazos. Todos me daban las gracias por haberles dejado participar en aquella sesión tan increíble, de la que yo no recordaba ni la cuarta parte. Los anfitriones se ofrecieron a acompañarme hasta casa, pero yo prefería caminar solo y tomar el aire. Recuerdo su mirada cuando me fui. Era de absoluta pena, aunque entonces no me di cuenta. Solo quería irme de allí y volver a mi casa. Todo había terminado.

Metí la llave en la cerradura y esperé algunos segundos antes de girarla. Los últimos meses habían sido de auténtica angustia cada vez que lo hacía, pero se suponía que esa noche habíamos acabado con aquello. Por fin, respiré hondo y abrí la puerta. Esperaba encontrar el río de papel higiénico que inundaba el pasillo, pero no había nada. No me lo podía creer. Encendí la luz desde fuera, sin pisar, sin meter ni un pie dentro de mi casa, haciendo un auténtico ejercicio de equilibrismo. Nada. No había nada. Ni rastro de ningún papel. Entré y fui directo al baño. Encontré un rollo vacío. Cartón puro. Ni rastro de papel.

Y dirás que es una victoria. Un final feliz. Yo también lo creí entonces. Pero no quiero privarte de lo mejor.

A partir de aquel día, no tengo papel higiénico. Por más que compro, en cuanto lo necesito, hay un cartón limpio. He probado a comprar toallitas; en cuanto lo abro, el paquete está vacío, y te aseguro que está lleno en la tienda. Jabón líquido, de repente no hay en el bote. Jabón en pastilla, se convierte en piedra. Ni siquiera en un maldito bosque consigo encontrar algo con qué limpiarme. Los helechos se convierten en gelatina en mis manos. Cualquier cosa que tenga a mano que intente utilizar, deja de servir.

He intentado ponerme en contacto de nuevo con la página Maldiciones Modernas, pero ha desaparecido.

¿Hemos mejorado? Bueno, pues ahora sé que no me ahogaré en una montaña de papel higiénico. Aparte de eso, he aprendido que nada de papel funciona. Ni papel higiénico ni pañuelos de papel. Incluso el cartón desaparece en mis manos antes de llegar a su destino. Pero he encontrado una solución.

Poliéster.

Tejido lo suficientemente plástico y artificial. Procuro comprar pañuelos y llevar al menos un par de ellos. Algunas veces la etiqueta engaña. Es curioso, siempre nos quejamos de que nos engañan con la composición pensando que es más natural de lo que nos dicen, pero a veces necesitamos que sea más artificial y tampoco cumplen. Algunas veces he tenido que echar mano del jersey. Procuro comprar lo más plástico que encuentro. El vinilo es lo más, pero no siempre lo tengo al alcance.

Maldiciones modernas.
Menos románticas. Igual de efectivas.

La navaja de Ockham

El principio de Ockham: en igualdad de condiciones, la explicación más simple suele ser la más probable.

Suele ser, pero no siempre.

No lo fue en el caso de Martín.

Martín era un chico como otro cualquiera, o lo fue hasta los veintitrés años. Fue un chico travieso, un adolescente rebelde, y se terminó convirtiendo en un joven alegre y trabajador. Había elegido los ordenadores, su pasión, como forma de ganarse la vida, y había conseguido un puesto de becario en una de las más importantes empresas del sector justo al terminar la carrera. No podía tener mejores expectativas, hasta que tuvo que venir a verme.

El día que Martín pidió cita en mi consulta, no fue muy específico. Le dijo a mi asistente que no se encontraba bien, que estaba empezando a ver cosas... No, no creáis que es nada extraño, os sorprendería la cantidad de trastornos que pueden llevar asociadas alucinaciones o visiones. Le dio cita para el día siguiente, y Martín se presentó puntual.

Nada más verlo llegar, me di cuenta de que estaba realmente aterrorizado; llevo casi veinte años ejerciendo como psicólogo y calo bien a la gente. Enseguida sé cuándo vienen de farol (que los hay), cuándo vienen sin quererlo realmente, obligados por familia, pareja o amigos (con los que la cosa se complica bastante) o cuándo vienen por decisión propia, lo que facilita enormemente el trabajo. Es importante la actitud, así que, en la primera sesión, además de hacerme una idea de su problema, procuro también estudiar con qué ganas vienen. Algunos son reacios a hablar, otros se abren en canal en cuanto se sientan en la silla, la mayoría están nerviosos porque no saben qué esperar o qué les puedes ofrecer... En fin, pacientes he tenido de todos los colores, pero Martín... aquel muchacho venía realmente acojonado.

Lo primero que pregunto siempre es qué los ha llevado a sentarse delante de mí. He oído de todo: mi pareja me ha dejado, no levanto cabeza, llevo tiempo deprimido, no soporto a mi madre, no puedo con el estrés, pero lo que dijo Martín fue totalmente inesperado: *las cosas a mi alrededor cambian de color*. Aquella respuesta me hizo despegar la espalda del respaldo de mi silla y preguntar:

—¿Cómo dices?

Entonces, él me empezó a contar que desde hacía un par de meses, había notado que algunos objetos de su entorno habían cambiado de color.

—Daltonismo —dije yo, ante lo cual él se echó a reír. Lo había pensado, por supuesto, y había buscado información en internet—. Bueno, eso no es infalible —contesté.

Él lo sabía, claro. Además, era un experto en ordenadores y redes.

—El daltonismo no se revierte de un día para otro —me contestó—. Además, ¿existe un daltonismo selectivo?

No, no existe.

Un día se levantó por la mañana y se dio cuenta de que uno de los cuadros del salón había cambiado de color. Era un cuadro sencillo, minimalista. Una pluma negra sobre un fondo blanco. Pues bien, ese día, la pluma era azul marino. Al principio le costó darse cuenta porque se había vuelto de un azul muy oscuro y si no tienes ninguna referencia puede pasar por negro, pero en cuanto se fijó en el cuadro notó algo raro y terminó dando con ello, porque el marco es negro y algo desentona, no pega. Yo no soy lo que se dice experto en colores, pero mi mujer siempre me ha dicho que el negro y el azul se llevan a matar. En fin, que Martín terminó dándose cuenta y alucinó, sobre todo cuando se cercioró de que todo lo demás estaba como debía estar. Tenía otros cuadros colgados en las paredes que no parecían haber sufrido cambio alguno; tan solo la pluma había cambiado de color. Sin tener ninguna explicación, se fue corriendo al trabajo y cuando volvió de tarde a su casa, todo parecía haber vuelto a la normalidad. La pluma era perfectamente negra, y no observó nada raro. Con cierto alivio, decidió que sería una alucinación por falta de sueño y no le dio más importancia. Tampoco lo relacionó cuando, al día siguiente, se encontró el cuadro tirado en el suelo. La alcayata había cedido y el cuadro había caído rompiendo el marco. Una pena, pero no era un gran cuadro, al fin y al cabo.

La historia se repitió de forma parecida cuatro días después. Al entrar en la cocina, su cafetera de cápsulas Nestlé Dolce Gusto, blanca e impoluta, se había vuelto color crema.

No es que fuera un cambio tremendo, era un color muy apagado, pero no era blanco. Y era perceptible. No se atrevió a hacerse un café aquella mañana, la desenchufó y bajó al bar de la esquina. Ahí fue donde empezó a buscar información en internet. Pidió cita al médico, pero ya se sabe, la atención primaria está fatal y no tuvo una cita telefónica hasta ocho días más tarde. Para entonces, la cafetera volvía a ser blanca, aunque Martín no se atrevió a utilizarla y seguía tomando café en el bar. El médico le habló por teléfono del estrés y la ansiedad después de escucharle, y lo que consiguió de él fue que le añadieran en la receta electrónica el todopoderoso diazepam, aunque, según me dijo, en aquel momento no tenía intención ninguna de tomarlo. Cuando, varios días después, Martín decidió que la cafetera no suponía peligro alguno, se estropeó al volver a enchufarla. Ahí fue donde empezó a buscar en internet sobre premoniciones. El cuadro había cambiado de color y se había caído. La cafetera había cambiado de color y se había estropeado. Empezó a ver ese diazepam con otros ojos.

Empezó a desarrollar una angustia simplemente por abrir los ojos. Empezó a pasar por encima de todo sin fijarse en nada, por miedo a que cualquiera de sus cosas cambiase y se rompiera a los pocos días.

La línea roja llegó cuando quedó con uno de sus amigos para tomar algo y lo vio de color aceituna. Quedó paralizado. No sabía ni qué decir. Su amigo de toda la vida, su compañero de fatigas, el que se había comido las broncas más escandalosas y los castigos más injustos por él, era verde. Literalmente. Quiso echar a correr, pero no sabía cómo explicarlo. Intentó comportarse con normalidad, y antes de que pudiera empezar a comentar nada de lo que le estaba pasando, su amigo le soltó la bomba: le habían diagnosticado un cáncer severo, y no le daban mucho tiempo de vida. Martín quería morirse con él. Sintió que le faltaba el aire y tuvo que salir corriendo de allí. Aquella noche llamó a su amigo y le pidió perdón por haberle dejado tirado en aquella cafetería, no sin antes pasarse por la farmacia a retirar el diazepam que le habían recetado. Su amigo fue comprensivo:

—Te entiendo, es una noticia muy gorda —le dijo.

Fue la última vez que hablaron.

A partir de ahí, Martín fue de mal en peor. Además del color de objetos cotidianos, que él podía identificar como distintos, empezó a encontrarse en la calle con gente de color raro. Ya sabéis, la gente tiene piel de color piel. Pero él veía otros tonos: verdes, anaranjados, morados... No los conocía, no sabía cómo eran antes, pero seguro que no eran naranjas, y se convenció de que veía gente moribunda. Empezó a obsesionarse y dejó de salir a la calle por miedo a ver gente de otro color. El médico le dio la baja, junto con una recarga en la receta electrónica y un volante para salud mental para dentro de cuatro meses.

—Tómate las pastillas y verás cómo te relajas. La semana que viene me llamas.

Fue entonces cuando vino a verme. Después de contarme todo esto, busqué, por supuesto, un diagnóstico que explicara estas extrañas alucinaciones. Buscamos acontecimientos que pudieran haber desencadenado alguna paranoia y fuimos retrocediendo cada vez más en el tiempo. Pero no encontramos nada, al menos nada que pudiera explicar todo aquello. Yo estaba seguro de que había algo que su subconsciente estaba reprimiendo, ya sabéis, lo veo continuamente, era la explicación más razonable... la navaja de Ockham. Trabajamos durante semanas, un día por semana, a veces dos, en esa obsesión, buscando el origen de todo aquello. Y nada.

Hasta que, un día, faltó a la cita. Era extraño, en todo aquel tiempo no había fallado ni una sola vez. Lo llamé por teléfono y estaba apagado (o fuera de cobertura, como la amable voz grabada añade siempre). Le seguí llamando durante todo el día, y el día siguiente, y siempre el mismo resultado. Me preocupaba; es cierto que no había visto en él tendencias suicidas, pero había ido cayendo en barrena desde hacía semanas y eso no era bueno. Por fin, a los tres días, recibí la llamada de su hermana: Martín se había suicidado. Había dejado varias cartas: para su novia, su familia y había una para mí. Me la harían llegar al despacho.

Os leo:

Querido doctor:

Ha intentado ayudarme y se lo agradezco profundamente, pero creo que hemos ido en la dirección equivocada. Hemos buscado un problema mental cuando no lo había. Sé que no estará de acuerdo conmigo, pero también sé que es la verdad. Ha sido

verdaderamente atroz darme cuenta de que todo muere a mi alrededor y yo puedo verlo con días de antelación. Ayer pedí una pizza para cenar, y el repartidor era rojo. Literalmente. Salió en los periódicos. Tuvo un accidente de moto a las pocas horas de dejarme el pedido. Podría vivir con ello, supongo, y usted me ayudaría a sobrellevarlo. Pero no estaba preparado para verme a mí mismo. Póngase en mi lugar, ¿querría saber cuándo va a morir? ¿Querría esperar sabiendo que va a suceder en pocos días, con suerte? Pues bien, hoy soy azul turquesa. Al mirarme al espejo casi me echo a reír; ha resultado irónico, porque siempre he odiado ese color. Pero no pienso quedarme esperando. Prefiero tomar yo las riendas.
No se culpe. Y gracias por todo.

Leí la carta varias veces. La primera, con incredulidad. La segunda, con lágrimas. Las siguientes, con *whisky*; aunque no me gusta demasiado, me parecía una falta de respeto tomar nada más ligero.

Llamé a su hermana y hablé con su familia. Estaban destrozados, aunque no esperaba otra cosa. Me disculpé por no haber podido hallar la causa de la paranoia de Martín. Fueron muy comprensivos, pese a las circunstancias. Me agradecieron que les contara qué le ocurría, porque él no les había dicho gran cosa. Era un consuelo muy pobre el que nos dimos.

Yo estaba convencido de que Martín tenía un trastorno, algo identificable, aunque yo no lo hubiera sabido hacer, algo tratable, algo cuantificable. No hubo premoniciones, no hubo percepción extrasensorial, no hubo poderes sobrenaturales... Solo un trastorno mental.

Tengo que decir que investigué todo lo que pude durante los meses siguientes, aunque solo fuera por satisfacer mi curiosidad, pero también por su familia. No encontré nada, pero eso no disminuyó mi convencimiento de que, con más tiempo, hubiera podido ayudarle, encontrar una causa y establecer un tratamiento.

Esa sería la explicación más sencilla. La navaja de Ockham... que acaba de saltar por los aires.

A diferencia de Martín, yo no estoy acojonado. Gracias a él, sé lo que pasa. Aunque yo no soy tan valiente como él para tomar las riendas. Simplemente, esperaré. Me pregunto si todo el mundo ve un cambio de color antes de la fatalidad. Hoy me he levantado de color dorado. Y no es precisamente mi color.

Libre albedrío

Antes de abrir los ojos, ya supo que algo iba mal. Su cerebro, aún adormilado, notó el calor abrasando su mejilla derecha y la situó en Punta Cana, bajo la sombrilla, echando la siesta mientras Carlos chapoteaba entre rayas y peces de colores. Extendió la mano derecha buscando a tientas el libro que seguramente se le habría escurrido al quedarse dormida, pero no encontró nada.

«Se me habrá caído a la arena», pensó.

Pero también había algo raro. ¿Qué hacía vestida? Si estaba en la playa, ¿por qué llevaba puesto un pantalón? Movió una pierna, solo para notar la tela deslizándose sobre su tobillo. En Punta Cana, hacía calor y estaba en la playa.

«Espera, ¿eso no ha sido hace tres meses?».

El último viaje antes de que su vida matrimonial empezara a irse a pique. En noviembre. Después habían vuelto a Madrid y todo se había ido al carajo.

Cuando se dio cuenta, su cerebro estaba ya completamente despierto y lanzando señales de alarma. Se puso la mano de visera antes de abrir los ojos, pero ni así pudo soportar la claridad y tuvo de volver a cerrarlos. Su cerebro ya chillaba. Volvió a abrir los ojos, con cuidado. Estaba sentada, con la espalda apoyada en una roca enorme que le proporcionaba la sombra justa para no tener la piel en combustión y tenía por delante lo que parecía ser un desierto. Se apoyó con la mano que tenía libre y se levantó sin dejar de protegerse los ojos con la otra; caminó cuatro pasos hacia la derecha para salir del abrigo de la piedra y miró alrededor. Un mar inmenso de polvo rojizo se extendía hacia el horizonte. Mirara donde mirara, no había más que desierto.

Deseó volver a Punta Cana. Deseó volver a Madrid, a la escarcha y las discusiones. Cualquier sitio que no fuera aquel. Pero ¿dónde coño estaba? ¿Y cómo había llegado allí?

Volvió a refugiarse a la sombra e hizo memoria. ¿Qué era lo último que recordaba? El portazo. Carlos se había ido y ella se había quedado en lo que quedaba del domicilio conyugal, un conjunto de espacios y muebles comprados con esmero que ahora se le antojaba un escaparate muerto. Se había ido a la cama, pero no conseguía dormir, así que se había levantado y se había tomado un par de somníferos. ¿Fueron dos? ¿No sería alguno más? Se imaginó a sí misma sacando dos pastillas azules del bote, mirándolas fijamente mientras su mano derecha agitaba el frasco para ver caer otras cuatro, seis, nueve, catorce. ¿Las había tomado todas?

«¡No me jodas, ¿me las he tomado todas?! Entonces, ¿esto es el cielo o el infierno?».

¿Era posible que se hubiera suicidado?

Allá donde miraba, no había más horizonte que polvo.

¿Era ese el infierno de los suicidas? ¿No ver ningún final? Tenía sentido. Empezaba a tener sed.

¿Entonces, tendría que buscar eternamente algo con lo que saciarse? Inconscientemente había empezado a caminar en redondo, dando pasos sin sentido.

«No te canses», pensó. «No tienes agua, y no sabes a dónde ir. Pero a algún sitio tendrás que ir, ¿no? Bueno, si estás en el infierno, igual es esto. Una eternidad de sed y aburrimiento. Pero si estás muerta, no vas a poder morir de sed. Puede ser una tortura, pero morir no te vas a morir una segunda vez. ¿O sí?».

No se decidía a abandonar los alrededores de la roca, el único punto de referencia que tenía. Si se alejaba de ella, ¿hacia dónde iba a ir? No parecía haber nada alrededor. Por otra parte, tampoco podía quedarse allí eternamente. Después de un rato intentando decidirse, notando cada vez más el sol abrasador y los labios agrietados, gritó de pura frustración.

—¿Por qué gritas?

Una voz infantil a su espalda hizo que su corazón palpitara y se bloqueara. Se dio la vuelta en un giro de tobillo para encontrarse con un chico de poco menos de metro y medio, moreno, vestido como un pordiosero. Sus ojos negros la miraban con curiosidad, la cabeza angulada hacia la derecha, como cuando su sobrina observa a sus hormigas en su terrario. Laura no acertó a contestar y apenas gesticuló con la boca como si hubiera perdido la capacidad de hablar. Miró alrededor varias veces, buscando más gente, pero solo estaba aquel niño, que la miraba sin decir nada.

—¿Dónde estoy? —preguntó al final.

—Donde quisiste estar.

—¿Qué?

—Pediste perder de vista al mundo.

Laura boqueaba, intentando hablar, pero completamente muda. Abría y cerraba la boca sin dejar salir ningún sonido. Estaba absolutamente perpleja. Ante su silencio, el niño insistió:

—Fue lo que pediste, dijiste «ojalá el mundo entero desapareciera de mi vista».

—Pero...

—Fue justo cuando Carlos se fue, al mirar la puerta por donde se había ido, ¿lo recuerdas? Dijiste «ojalá el mundo entero desapareciera de mi vista».

—Yo... creo que...

—Fue lo último que deseaste.

—¿Lo último?

—Sí. Él te dijo justo antes de salir que preferías a cualquiera en el mundo antes que a él.

—Sí, creo que lo dijo...

—Y entonces tú lo deseaste. —El niño parecía un maestro dando la lección, acompañando cada frase con un movimiento de mano que dejaba en bandeja la explicación—: «Ojalá el mundo entero desapareciera de mi vista».

—Sí... sí, es posible que dijera eso.

—Pues eso. Deseo concedido. —El niño abrió los brazos con satisfacción y ensanchó la boca lentamente en una mueca, que Laura interpretó como un intento de sonrisa.

—Pero eso es algo que se dice, sin más, en realidad yo no quería...

—Yo no quería, yo no quería... —El niño perdió la sonrisa de golpe—. ¡Estoy harto de eso! Las normas no nos gustan. El libre albedrío no os gusta. La redención no os gusta. ¿Sabes que me tenéis muy harto? ¡NO OS CONFORMÁIS CON NADA! Y mira que me lo advirtieron...

—Espera, ¿qué quieres decir con...?

—Me dijeron que no erais dignos —siguió el niño sin hacer caso de Laura—, que no lo merecíais y ¿yo qué hice? Defenderos, poneros por delante de los demás. *Son dignos*, dije. *Os van a sorprender, ya lo veréis.* Siglos dando la cara por vosotros, ¿y qué consigo? Desprecio, descreimiento, y burla. Es lo que más me duele, ¿sabes? La burla. Me habéis convertido en un chiste, en un tema de broma. O lo que es peor, en un asunto de guerra. Os peleáis por lo que creéis que soy, por lo que creéis que os pido, por lo que creéis que tenéis que hacer, POR TODO. Así que tengo dos opciones. Es la segunda oportunidad que os doy. O vuelvo a enviar un diluvio y empezamos de cero, o pruebo algo nuevo. —El niño, que había empezado a caminar de un lado a otro; de repente, se paró y miró a Laura—. Y aquí estás tú.

Se quedó mirando a Laura sin decir nada. La sonrisa había desaparecido, pero también el enfado que había asomado en aquel delirante discurso. Laura no se atrevía a hablar. ¿Lo había entendido bien? El niño alzó una ceja, esperando que Laura dijera algo.

—¿Eres...?

—En carne y hueso... Bueno, igual no, pero tú ya me entiendes.

—No me lo puedo creer.

—Tampoco es que me sorprenda.

—Definitivamente, me he vuelto loca.

—Para ser honestos, ya lo estabas un poco.

—¿Dios es un gracioso?

—Y no sabes cuánto. Pero esa no es la cuestión. Justo cuando ya estaba harto, y a punto de hacer llover, te escuché. «Ojalá el mundo entero desapareciera de mi vista». Y me dije, ¿por qué no?

Laura se quedó mirando al niño, que volvía a lucir una enorme sonrisa de satisfacción, como si hubiera desvelado el secreto mismo del universo. Pensándolo bien, era lo que acababa de hacer.

«Tiene que ser un sueño», pensó.

Empezó a mirar alrededor, buscando alguna señal de que efectivamente estaba soñando. Se pellizcó los brazos, salió del abrigo de la roca y buscó desesperada en el horizonte. Incluso intentó subir a la roca, pero no había apoyos suficientes. El niño la miraba en silencio mientras Laura iba poco a poco añadiendo grados a su nivel de rabia. Parecía divertido. Al fin Laura dejó de buscar y de bufar, y se enfrentó al niño.

—Está bien —le dijo—, demuéstrame que eres quien dices ser.

—¿En serio me estás pidiendo pruebas? —El niño alzó las cejas sorprendido.

—Si eres quien dices ser, no creo que te cueste mucho si te pido...

Ni siquiera terminó de hablar cuando unas nubes oscuras y amenazantes surgieron de la nada y empezaron a descargar enormes gotas de lluvia.

—He pensado que mejor acabar con esto cuanto antes —dijo el niño—. Era lo que ibas a pedir, lluvia.

—Pero...

—¿No era eso?

—Yo... sí, eh...

—¿Quieres que pare? Te estás empapando —dijo el niño señalando la blusa que empezaba ya a quedar transparente—. ¿O prefieres que añada algo de refugio?

Y mientras lo decía, Laura notó que ya no se mojaba. Una enorme pérgola había aparecido de repente y flotaba sobre su cabeza, sin apoyo aparente. Empezó a sollozar. No sabía qué decir, ni qué pensar, y un llanto incontrolado salió de su pecho extendiéndose a sus hombros, y de ahí a sus extremidades, que empezaron a temblar. El niño la miraba. Su sonrisa había desaparecido, y simplemente esperaba. Cuando por fin Laura se tranquilizó y pudo articular palabra, lo único que quería era una cosa:

—Quiero volver a casa.

No hubo transición. Estaba en el desierto y al latido siguiente, estaba en un pasillo oscuro. El cambio fue tan brutal que Laura se echó hacia atrás y cayó sobre una alfombra raída. Miró alrededor, no había rastro del niño ni del desierto. Casi pensó que se lo había imaginado todo, de no ser porque notaba la ropa empapada. Permaneció sentada en el suelo unos segundos, sin entender nada. Desde donde estaba, podía ver cuatro puertas cerradas a ambos lados del pasillo, que parecía doblar y continuar hacia la derecha. No estaba en su casa. Casi se echó a reír.

«Bueno, pequeño cabrón, has fallado».

Hacía frío, y a su espalda notaba una corriente de aire. Cuando se dio la vuelta, vio que había un agujero en el techo, lo suficientemente grande para ver el cielo. Nevaba, y parte de los copos se colaban dentro formando una cortina semitransparente que creaba un ambiente irreal. Se levantó despacio y fue al final del pasillo, dobló hacia la derecha y se encontró un espacio abierto del que asomaba una escalera de caoba que bajaba hacia el piso inferior. Había dos butacas de cuero con una pequeña mesita en el medio, sobre la que descansaba una muñeca que reconoció al instante. Se la había regalado su padre cuando cumplió 7 años, y la había conservado hasta que se perdió cuando se mudaron a la ciudad, en el último año de instituto. El escalofrío que le recorrió la espalda no tenía nada que ver con el frío, sino con el reconocimiento de saber que estaba en la que había sido su casa de niña.

—Querías volver a casa —dijo la voz infantil al pie de la escalera.

—Creía que te habías ido —dijo Laura sin mirarle.

—Hago un seguimiento de mi experimento. Esto es lo que querías.

—No.

—Pero querías volver a casa.

—Sí, a mi casa.

—Siempre has dicho que esta era tu casa. Lo dices a todo el mundo: a tus amigas, a tu marido, a tus compañeros de trabajo, al cajero del supermercado, al del banco... siempre has considerado tu casa a tu hogar de niña.

Laura cogió la muñeca y bajó las escaleras, sin hacerle caso. La casa estaba abandonada. Prácticamente en ruinas. Recordaba que la había comprado un matrimonio joven cuando ellos se fueron.

—Él murió en un accidente tres años después. Ella se fue a vivir con su hermana. El banco ejecutó la hipoteca y nunca se volvió a vender. —El niño la seguía mientras Laura iba inspeccionando la planta baja.

Los muebles de la cocina estaban negros de la humedad. En algún momento había reventado una cañería inundando parte de la estancia, y había restos de una hoguera en lo que en su día fue el comedor. La chimenea estaba llena de escombro. Aún se podía apreciar el dibujo del papel de las paredes, una filigrana de hojas pequeñas que Laura contaba una a una mientras se aburría delante del plato de lentejas. Se dio media vuelta, para encontrarse con el niño.

—No quiero estar aquí.

—Pero querías volver a casa.

—No a esta casa.

—Laura, vas a tener que ser más específica con lo que quieres, de lo contrario, esto va a ser muy complicado.

—Está bien —dijo Laura, e hizo una pausa para tomar aire, como si fuera a decir lo más importante del mundo—: Quiero volver a mi apartamento, con Carlos.

Igual que antes, se encontró de repente en su habitación. Igual que antes, cayó hacia atrás de la impresión y se dio un golpe con la mesilla de noche. Con el ruido, Carlos se asomó por la puerta del baño.

—¿Estás bien?

Laura casi se desmaya de puro alivio. Ahí estaba su marido, en su apartamento.

—Sí, es que he resbalado, no pasa nada —le dijo Laura, escondiendo la muñeca que llevaba en la mano tras ella.

Carlos volvió a desaparecer dentro del baño sin decir nada más. El alivio que sintió Laura se ensombreció al escucharle abrir y cerrar cajones. Reparó en el armario abierto de par en par, casi vacío. Cuando Carlos salió del baño cerrando el neceser, entendió lo que pasaba. Había llegado justo en el momento en que él estaba haciendo las maletas para irse. Ni siquiera la miró. Posó el neceser sobre la cómoda para seguir con el expolio. Abrió el cajón para sacar las corbatas, que llevó casi en equilibrio hasta la maleta que tenía abierta sobre el sofá. Laura salió de la habitación detrás de él, y casi tropiezan cuando Carlos se dio la vuelta para volver a la habitación. Echó las manos atrás, como si tocarla, aunque fuera sin querer, le fuera a dar una descarga eléctrica, y la rebasó con una sonrisa forzada. Volvió con el neceser mientras ella miraba impotente.

—Carlos, por favor...

—Laura, ya hemos hablado de esto. Deja que me vaya, por favor, no lo hagamos más difícil de lo que ya es —contestó él sin ni siquiera mirarla.

Laura sabía que no le convencería. Sí, habían hablado de ello. Habían discutido, habían gritado y se habían echado en cara todos los reproches guardados durante años de matrimonio. Se dio media vuelta y gritó a la habitación desierta:

—¡ESTO NO ES LO QUE QUERÍA!

—Por Dios, Laura, tampoco yo lo quería, pero antes de seguir haciéndonos daño tenemos que...

—No estoy hablando contigo.

Ahora era Laura quien le ignoraba, sin dejar de mirar hacia la puerta de la habitación.

—¿Que no estás hablando conmigo? Y con quién se supone que estás hablando, ¿con el universo? ¿Es que te has vuelto completamente loca?

—Es posible...

—Mira, esto ya no tiene ningún sentido —Carlos volvió la atención a su maleta—. Te he dejado las señas de mi apartamento sobre la mesa. Ya hablaremos.

Y se fue, dejando a Laura sola en medio del salón. Solo que no estaba sola. El niño apareció en el quicio de la puerta.

—Te noto enfadada —le dijo, volviendo a girar el cuello con esa expresión de curiosidad.

—¡Pues claro que estoy enfadada!

—¿Tampoco he acertado esta vez?

—¡NO, JODER!, ¡NO!

—A ver, me dijiste que querías volver aquí, con Carlos. Y te he traído aquí, con Carlos. —El niño acompañaba cada frase con un movimiento de manos, como si señalara lo obvio.

—¡PERO SE ACABA DE IR!

—¿Y eso es culpa mía?

—¡NO! —Laura se desplomó sobre el sofá—. No, no lo es...

—No lo es. Te he traído aquí con él, a tu apartamento; pero Carlos estaba a punto de salir de tu vida y eso no lo puedo cambiar.

—¿Por qué no? —preguntó Laura con desesperación.

—Porque yo cumplo tus deseos, no los suyos —El niño se sentó a su lado en el sofá—. ¿Qué es lo que quieres, Laura?

—Quiero volver a cuando éramos felices...

Laura intentaba ocultar las lágrimas que asomaban, y le costaba sacar algo de voz.

—No tienes deseos, Laura. Tienes arrepentimientos. Te arrepientes de las decisiones que has tomado, que habéis tomado, hasta llegar aquí. Eso no lo puedo cambiar.

—¿Por qué?

—Porque no serviría de nada. Volverías a tomar las mismas decisiones. Y volveríais a este mismo punto.

—Eso no lo sabes.

—Pues claro que lo sé ¿o se te ha olvidado con quién estás hablando?

—¿Y qué puedo hacer?

—Os di libre albedrío. Puedes hacer lo que tú quieras.

Laura tardó en contestar y el niño le dio tiempo, esperando paciente.

—Yo solo quiero ser feliz —dijo en voz baja.

—¿Y qué te impide serlo? ¿Qué es la felicidad? ¿Por qué te empeñas en tener cosas que no puedes tener? ¿Por qué no disfrutas de las que sí tienes? ¿O buscas metas nuevas? Hay un montón de pequeñas satisfacciones a tu alcance. ¿Por qué centras todos tus esfuerzos en las que no lo están?

—¿Así de fácil?

—Así de fácil.

El niño dejó a Laura sentada en el sofá, pensando sobre ello. No se fue, solo desapareció de su vista. Eso se le daba muy bien. Llevaba mucho tiempo oculto, observando. Una voz le distrajo.

—¿Ya te has convencido? No tienen remedio.

—Hola, Bel.

—Cuánta familiaridad...

—¿Prefieres tu nombre completo, Belcebú?

—Te noto contrariado. Déjame adivinar: tu pequeño experimento no ha salido como esperabas.

—El problema es que no se conforman con nada.

—¿Me lo dices a mí, que llevo siglos dándoles lo que quieren? Aquí el único problema es que les has dado demasiada manga larga.

—Libre albedrío, amigo.

—¿Y qué vas a hacer?

—Aún no lo sé. De momento, observar.

—¿Otros dos siglos?

—Los que hagan falta. De momento, Laura ha dejado de llorar...

Lo que sé de los piratas

Lo único que Eduardo sabía de piratas era lo poco que contaban las películas: que llevaban un loro al hombro, bebían ron y no eran de fiar. Cuando la bibliotecaria le recomendó un libro titulado *El último refugio del Pirata*, lo cogió con cierta repugnancia, como quien tiene que coger una servilleta usada. No le caían mal los piratas, pero tampoco le gustaban; aunque, a decir verdad, Eduardo no tenía muy claro qué era lo que le gustaba. Una vida monótona había dado paso a un matrimonio monótono y finalmente a un divorcio monótono, tras el cual decidió poner remedio a tanta dejadez. Había probado de todo: se había apuntado a bailes de salón, pero resultó que no tenía el más mínimo sentido del ritmo; odiaba ir al cine solo, siempre le parecía que los demás espectadores le miraban con pena; la experiencia en teatro había resultado horrible, demasiado vergonzoso para dejarse llevar; alto y desgarbado, no cuajó en el gimnasio; lo intentó con el *footing*, pero le atacaba el asma; el senderismo estaba descartado, era alérgico a las abejas; el ajedrez le aburría. Quizás por eso le dejó su mujer, porque todo le aburría, y terminó convirtiendo ese aburrimiento en un agujero negro que amenazaba con devorar todo a su alrededor. Cuando subió las escaleras del histórico edificio que albergaba la biblioteca, lo hizo con la misma desgana que hacía todo lo demás. En realidad, tampoco tenía grandes esperanzas. La lectura nunca le había apasionado especialmente. Leía, sí, los grandes éxitos. Como nunca sabía qué libro comprar, se dejaba guiar por los premios literarios; compraba el último premio Nadal, el último Planeta, el último Fernando de Lara. Pocas veces los terminaba. No, no tenía fe en la lectura. Aun así, decidió ir a la biblioteca.

«Quizás me falte perspectiva, se dijo, y puede que tenga que buscar un tema en el que centrarme».

Vagabundeó entre las estanterías como quien pasea por un mercadillo ojeando los puestos, sabiendo que no va a comprar nada. Fue de la sección de prosa a la de viajes. Miró una guía de Londres, Berlín, Santorini... no pensaba viajar. Llegó a los pasatiempos. Macramé, papiroflexia, jardinería... nada le llamaba la atención. Poesía, narrativa extranjera, autoayuda, cocina... Ojeaba un libro sobre postres franceses cuando una voz a su espalda le sobresaltó.

—La *crème brûlée* es mi favorita.

Eduardo dio un respingo y soltó el libro, que cayó al suelo armando un estruendo como si se hubiera desplomado un tabique.

—Disculpe —dijo la mujer, agachándose a coger el libro—, siento haberle asustado.

—No la oí llegar —Eduardo se disculpó en voz baja.

—Esto es una biblioteca, todos somos silenciosos.

—Salvo yo —contestó Eduardo sonriendo a medias y señalando al libro que ella ya sostenía en la mano.

—Bueno, siempre viene bien que nos saquen un poco de lo normal. Soy Alma —dijo tendiendo la mano.

—Eduardo.

—Bueno, Eduardo, ¿te puedo ayudar?

—¿A qué?

—A encontrar el libro que estás buscando. Eso hacen las bibliotecarias.

Eduardo la miró detenidamente. Metro sesenta, cincuenta kilos, pelo rosa, piercing en ceja, nariz y lengua habría jurado, ropa negra rota a propósito y botas militares. No era precisamente la imagen que tenía de una bibliotecaria.

—¿Hay algo más que quieras ver? —preguntó ella, divertida.

—Perdón. —Eduardo apartó la vista, avergonzado—. Es que no tienes aspecto de bibliotecaria.

—¿Porque no soy una mujer de mediana edad con jersey de lana y gafas sujetas con una cinta?

—Seguramente.

—Ya, me lo dicen a menudo. Si quieres, puedo llamar a una compañera, pero te aseguro que conozco esta biblioteca como la palma de mi mano.

—Claro, estoy seguro.

—Vale, pues aclarado esto, dime qué estás buscando.

—Ya, eh...

Eduardo miró a un lado y a otro. La verdad es que no sabía qué contestar. No buscaba nada, al menos nada en concreto.

—Así que no tienes ni idea de lo que buscas.

—¿Tanto se me nota?

—Digamos que calo bien a la gente.

—¿Y por eso me ofreces un libro de piratas?

—Dale una oportunidad, hazme caso. Lo bueno que tienen las bibliotecas es que no tienes que quedarte el libro para siempre. Si no te gusta, me lo devuelves. Pero te advierto que todo el que se lo lleva vuelve sorprendido.

Eduardo no estaba convencido, pero se terminó llevando el libro; total, qué más daba uno que otro. Volvió a casa pensando en lo curiosa que era aquella chica. Si la hubiera visto por la calle, habría dicho que era tatuadora o pinchadiscos en un pub nocturno (¿seguía habiendo pinchadiscos? ¿Cuánto hacía que no salía de fiesta?). A pesar de su aspecto rebelde y desafiante, algo en su forma de hablar y en su mirada le hizo sentir una inmediata confianza.

«Será un talento de las bibliotecarias», se dijo.

Entró en su apartamento y dejó el libro sobre el aparador de la entrada, junto con las llaves. Después del divorcio se había instalado en un tercer piso sin ascensor, oscuro y mal ventilado, pero bastante bien de precio. No es que necesitara estirar la cuenta bancaria, su trabajo le permitía llegar más que desahogado a fin de mes, pero Eduardo había elegido apartamento como todo lo demás, de cualquier manera. No quería pasarse semanas viendo pisos, así que, a la segunda visita, dijo sí. Incluso el de la inmobiliaria, un tipo que tenía pinta de tener menos escrúpulos que canas, le preguntó si estaba seguro: *tengo otros para enseñarte que están mejor que este y casi por el mismo precio*. A Eduardo le daba igual. Solo quería instalarse en algún sitio y dejar de dar vueltas.

Se metió en la ducha y se tomó una sopa de sobre para cenar. No le gustaba cocinar, y pensaba que la comida precocinada era el mejor invento del mundo, por detrás del microondas y la cafetera exprés. Tras dos vueltas completas a la programación de la TV sin encontrar nada que ver, se acordó del libro.

«¿En qué estaría pensando para llevarme un libro de piratas?», pensó.

Aunque tenía claro que cualquier tema que hubiera elegido le habría dado la misma pereza. Entonces se acordó de Alma, y de la areta que llevaba en la ceja, que parecía bailar cada vez que ella abría aquellos enormes ojos. La chica le había caído bien.

«Pues vamos allá, se dijo, a por una de piratas».

Rescató el libro del aparador y se acostó. A su madre le gustaba mucho leer en la cama, decía que si no leía al menos una hoja no se dormía. Lo hizo hasta su último día, pero Eduardo nunca le había cogido el gusto. Acomodó las almohadas (no sabía por qué seguía teniendo dos) y abrió el libro. Parecía tener bastantes años, con hojas amarillentas que amenazaban con romperse al primer tirón de más. Tenía aquel olor característico a humedad, a cuarto cerrado, ¿cuándo habría sido la última vez que alguien había abierto aquel libro? No parecía que hubiera sido reciente. Empezó a leer.

Poco a poco, aquel olor fue desapareciendo y cuando se quiso dar cuenta, había sido reemplazado por otro característico, pero que no tenía nada que ver con el papel. Eduardo bajó el libro hasta dejarlo en el regazo y olfateó al aire.

Incluso él, que había vivido siempre en Madrid, sabía cómo olía el mar. Había ido bastantes veces a la costa, arrastrado por su mujer, a la que le encantaban los baños de sol. Para ella no había otro destino al que ir de vacaciones que no incluyera un hotel en primera línea de playa. Miró a su alrededor, buscando de dónde podía venir aquel olor, cuando oyó un ruido en el salón. Se incorporó. ¿Había entrado alguien en casa? ¿A buscar qué? Un ladrón parecía poco probable, no subiría tres pisos andando solo para entrar en un apartamento de cuatro por planta. Aunque le hubieran estado controlando, no tenía nada de valor. No usaba relojes que pudieran llamar la atención, ni tenía una televisión especialmente grande, que, aunque la tuviera, ¿quién lo iba a saber? Y para una tele grande un ladrón ¿subiría tres pisos andando? No, no era un ladrón. ¿Un loco? Eso ya era más probable, y menos tranquilizador. Sonó otro golpe, ruido de cristales contra el suelo.

«¡Mierda, ojalá tener un cuarto de esos del pánico!».

Ni siquiera tenía el móvil con él para llamar a la policía, lo había dejado cargando en el salón. Seguía metido en la cama intentando pensar qué hacer cuando se abrió la puerta de repente. En el umbral, una figura se recortaba en la penumbra, y solo se distinguía el destello de alto metálico que llevaba en la mano derecha. Durante unos tres segundos el mundo se detuvo, ninguno de los dos dijo nada, hasta que la figura dio un paso y entró en la habitación. Eduardo no podía creer lo que estaba viendo: un hombre con una melena apelmazada, sombrero enorme y botas altas, que le miraba con una sonrisa siniestra y le señalaba con un cuchillo enorme.

—¡Aquí estás! —dijo por fin el hombre avanzando hacia Eduardo.

—¿Qué?

—Llevamos tiempo buscándote. El capitán se pondrá muy contento.

—¿El capitán?

—Vamos, no me lo pongas difícil. Tienes que venir conmigo.

—¿Ir con usted? ¡No pienso acompañarle a ningún sitio, salga de mi casa inmediatamente o llamo a la policía!

Eduardo había ido subiendo la colcha a modo de escudo sin darse cuenta, y para cuando el intruso llegó a su altura, la sujetaba a la altura de la nariz.

—Ya sabes a dónde. Te está esperando.

El pirata tiró del único brazo de Eduardo que asomaba por encima de la colcha y lo obligó a salir de la cama prácticamente a rastras. Entre protestas y balbuceos llegaron a la puerta de la habitación, y cuando se quiso dar cuenta, se encontró al otro lado. No era su anodino salón, sino un puerto abarrotado de personas. Sin poder pronunciar palabra y sin creer lo que veía, se dejó guiar por su captor hacia un barco atracado en la dársena más alejada del puerto. Olía a mar y a pescado, y, a ratos, le llegaban otros olores a los que no quería prestar atención. Se abrieron paso a través de la gente que cargaba con sacos, chiquillos mugrientos y descalzos que correteaban entre las cajas apiñadas, y vendedores de todo tipo. Eduardo miraba todo con ojos desorbitados, sin tener claro si estaba en un sueño. Llegaron a un galeón de madera, con una sirena en el frente con cabeza de serpiente. El pirata le empujó hacia una escala que conducía a bordo y le hizo subir por ella. Iba diciendo algo, pero Eduardo no le prestó atención, porque entonces solo tenía ojos para la persona que le esperaba arriba y que le miraba con un gesto de completa satisfacción, que se convirtió en una carcajada cuando llegó a su altura.

—¡Por las barbas de Neptuno, si tenemos aquí a nuestro cazafortunas!

—¿D-dd-isculpe? —Eduardo no atinaba a hablar.

—Está muy raro capitán, no parece él —dijo el hombre que le había llevado.

—¡Pues claro que es él! ¿Es que no le conoces, Ramírez? Un tramposo como no hay otro —le dijo el capitán, y añadió volviéndose a Eduardo—. ¿En serio crees que me vas a poder engañar? ¿Tan tonto crees que soy?

—Es que, verá, creo que tiene que haber un malentendido. Yo me llamo Eduardo.

—¿Eduardo?

—Sí, Eduardo, y no sé muy bien qué hago aquí.

—Montalvo.

—Eduardo Montalvo, efectivamente, es mi nombre.

—¿Lo ves? ¡Es él!

—No, no, yo no tengo nada que...

—Montalvo, no me agites, que no tengo un buen día. —El capitán sacó un cuchillo del costado tan deprisa que Eduardo no tuvo tiempo ni de verlo antes de notarlo cerca de su cuello—. Me vas a dar lo que es mío y si no, te rebano el pescuezo y te tiro al mar.

El capitán se acercó a él tanto que Eduardo pudo saborear el fétido aliento que salía de su boca mientras le amenazaba. Ramírez se había separado un par de metros, y parecía disfrutar del espectáculo. Sintió un aguijonazo cuando el capitán apretó el cuchillo, y una gota de sangre resbaló hacia el pecho, lo que provocó la risa del capitán, que iba a añadir algo cuando unas voces provenientes del puerto le interrumpieron. Aflojó un poco el pincho, lo suficiente para que Eduardo pudiera coger una bocanada de aire. Las voces se acercaban.

—Es el juez Jiménez —le dijo el capitán a Ramírez, que ya se había puesto al lado de Eduardo—. Rápido, llévalo abajo.

A las órdenes del capitán, Ramírez tiró de Eduardo hacia el interior del barco. Había varios piratas en la borda, algunos apoyados en la cubierta, otros con las fregonas, y algunos bebían de cucharas de madera de un barril abierto. Todos le miraban cuando pasaba por su lado. Incluso vio alguna pata de palo. Quizás, Eduardo no estaba tan pez en materia de piratas como pensaba. Ramírez abrió una trampilla en el suelo del barco y le empujó abajo. Había unas escaleras de madera bastante precarias, que casi se salta a consecuencia del empujón.

—Métete ahí dentro y no se te ocurra hacer ningún ruido. Nadie te salvará, y si lo intentas, yo mismo te cortaré la lengua antes de que el capitán acabe contigo.

Dicho esto, cerró la trampilla de un golpe, que hizo a Eduardo encogerse para no llevarse un buen coscorrón en la cabeza. Bajó las escaleras y llegó a lo que parecía la bodega del barco. Bidones, cajas, mucha mugre. El olor era nauseabundo. Intentó no hacer caso de las ratas que correteaban por la bodega buscando refugio para esconderse.

Se sentó en el primer rincón que encontró que parecía estar seco, junto a unas cestas de fruta. Oía a los piratas caminando sobre su cabeza, en la superficie, y las pasadas de las fregonas. También oía voces, de muchos hombres.

«Dios, no voy a salir de aquí vivo», pensó, mientras trataba de entender lo que estaba pasando.

Quería pensar que era un sueño. Se había dormido leyendo el libro y su mente se había quedado con la historia. Pero era demasiado real. La humedad, el salitre, el hedor que emanaba de aquellos hombres, el cuchillo en su garganta. Demasiado real para ser un sueño; pero si no lo era, ¿qué era? ¿De verdad había retrocedido quinientos años en el tiempo? Oyó voces apagadas arriba, y un vozarrón nuevo, que era contestado por la voz del capitán. Apenas entendía nada, pero el primero parecía enfadado, y el segundo demasiado seguro de sí mismo. ¿Y si hacía algún ruido?

¿No podrían rescatarle? Claro que no sabía realmente quién estaba arriba, y no tenía el más mínimo interés en que Ramírez cumpliera su palabra. ¿Y por qué conocían su apellido? Eso era imposible, lo que demostraba que estaba en un sueño. ¿O realmente era Montalvo, un tramposo?

Su mente volaba a toda velocidad intentando encontrar una explicación, cuando oyó un ruido a su derecha. Un sollozo apenas perceptible. Un suspiro. Se giró hacia allí y se encontró con Alma agazapada entre dos cajas, mirándole. Apenas podía verla, en la penumbra de la bodega, con un haz de luz que llegaba disperso por las rendijas que se colaban entre los tablones, pero estaba seguro de que era ella.

—¿Alma? —preguntó en voz queda.

—Puedo ayudarte.

—Alma, ¿qué...?

—No sé quién es Alma, pero puedo ayudarte a salir de aquí.

¿Que no es ALMA? Pero si es clavada. El mismo pelo, la misma cara, la misma complexión menuda, incluso el mismo piercing en la ceja.

—¿Entonces quién eres?

—No importa, tenemos poco tiempo.

—Alma...

—¡Vale, Alma! ¡Soy Alma! —La muchacha intentaba contener la frustración, como si estuviera hablando con un niño pequeño—. En serio, tenemos poco tiempo. El juez no tardará mucho en hacer el paripé de registrar el barco, y aquí no va a bajar. En poco tiempo te volverás a ver las caras con Ramírez y con el Negro.

—¿El Negro?

—¡El capitán!

—¡Está bien! —Eduardo levantó las manos en señal de rendición—. No entiendo nada, no conozco a esa gente, no sé qué hago aquí, yo estaba en mi habitación, en Madrid, y...

—Y no te dejarán salir del barco con vida, aunque les devuelvas el oro.

—¿Pero qué oro?

—El que te quedaste.

—¡Pero que yo no tengo ningún oro!

—A mí no tienes por qué mentirme, pero no vas a salir de este barco, salvo que me hagas caso.

—Pero que yo no tengo ningún oro por dios, es que no entiendo nada, qué oro voy a tener yo que vivo en un cuchitril de medio metro y voy en autobús a trabajar, si es que...

—Mira, en dos minutos van a bajar a por ti y yo no voy a esperar aquí a que te decidas, así que ahí te quedas.

Alma se incorporó lo justo para darse media vuelta, pero Eduardo la cogió por el brazo.

—Vale, vale, tú ganas. Tengo el oro y lo compartiré contigo si me ayudas a salir de aquí.

—No quiero el oro —contestó Alma mirando la mano de Eduardo alrededor de su brazo.

—¿Entonces por qué me ayudas?

—Digamos que eres mi buena acción del día. Vamos, apenas queda tiempo. Sígueme.

Alma se internó en el laberinto de cajas con Eduardo detrás, que no podía creer lo grande que era aquello. Nunca se había imaginado que la bodega de un barco pudiera tener aquella capacidad. Parecía que estuvieran en un almacén logístico. Alma avanzaba y avanzaba sin mirar hacia atrás, girando aquí y allí, en aquel laberinto. Si no fuera porque Eduardo seguía oliendo a mar y oyendo los pasos sobre su cabeza, habría pensado que habían salido del barco en algún momento. Alma se paró frente a lo que parecía ser la popa del barco, y abrió una trampilla en un lateral. El olor a podre inundó la bodega y casi le hace vomitar.

—Hay una escalera; vamos, tenemos que bajar, ya estamos casi fuera —dijo Alma mientras se encogía para meterse por la trampilla y desaparecer en la oscuridad.

Eduardo dudó un momento, lo justo para escuchar un cerrojo abriéndose y las voces de El Negro y Ramírez. Se tiró tan rápido hacia dentro que casi se salta el primer peldaño de la escalera, si es que podía llamarse así a un par de palos medio roídos sujetos con cáñamo. Alma le esperaba abajo con una vela encendida, y echó a andar en cuanto Eduardo puso un pie en el suelo. Apenas podía seguirla. No veía nada alrededor, y mucho menos lo que estaba pisando, que se notaba blando y escurridizo. El olor era insoportable, una mezcla de algas secas y animales muertos. Eduardo daba gracias por no ver dónde estaba. Aquel espacio parecía más grande que el piso de arriba, a Eduardo le pareció que el recorrido duraba una eternidad. Oía las voces de los dos hombres, y por lo poco que pudo escuchar, ya habían descubierto que estaban huyendo, incluso habían llegado ya a la trampilla e iban tras ellos. Iba a preguntarle a Alma cuando ella paró en seco, se agachó y abrió otra trampilla. La vela alumbró lo suficiente para que Eduardo pudiera ver sombras escapando del haz de luz, y siseos por todos lados. Alma se hizo a un lado.

—Por aquí. Vas directo al agua, pero no tendrás problemas.

—¿Y tú? —preguntó Eduardo.

—Yo me quedo, pero tú tienes que irte.

—¿Cómo que te quedas?

—Venga, el Negro ya está muy cerca.

—Pero ¿por qué no vienes?

—Yo nunca te dije que me escaparía contigo, solo te dije que te ayudaría.

—Pero sabrán que me has traído tú hasta aquí.

—Oh, no te preocupes, siempre lo saben. Vamos, ya no tienes tiempo. Hasta otra, amigo.

Alma le dedicó apenas una sonrisa antes de dar media vuelta e irse con su vela, dejando a Eduardo en total oscuridad. Notaba entrar el aire por la trampilla, amortiguando el hedor que le rodeaba. En un gesto infantil, se tapó la nariz, y saltó.

Notó el agua helada apuñalándole con pequeños cristales, y vaciándole los pulmones. Cerró los ojos y braceó intentando buscar la forma de llegar de nuevo a la superficie, cuando se dio cuenta de que con los brazos tocaba algo frío y suave, algo que le rodeaba, y casi sin darse cuenta, se vio sentado en su propia bañera, empapado, con el pijama que llevaba puesto cuando Ramírez le sacó de la cama. Miró a su alrededor sin comprender. ¿Era posible que todo hubiera sido un sueño? ¿Por eso estaba en la bañera? Nunca había sido sonámbulo, pero suponía que habría casos espontáneos. Pero si la bañera estaba vacía, ¿qué hacía mojado? Mojado no, empapado, como si hubiera estado en una piscina. O se hubiera tirado desde un barco. Puede que hubiera llenado la bañera y la hubiera dejado vaciarse, el tapón estaba quitado. Sí, era lo más probable. Pero entonces, cuando se incorporó para salir de allí, notó un escozor en el cuello. Se miró al espejo sabiendo antes de verlo lo que iba a encontrar, la marca del cuchillo del capitán. ¿Se había apuñalado a sí mismo?

Se quitó el pijama mojado y se puso ropa seca. No se atrevió a volver a la cama, se quedó sentado en el sofá, con todas las luces encendidas, y el jarrón que le había regalado la tía Juana por Navidad como arma defensiva. Era horroroso, quizás si volvían los piratas podría rompérselo en la cabeza a uno de ellos. En algún momento se quedó dormido y despertó sobresaltado con las primeras luces. Los piratas no habían vuelto y todo estaba en calma.

Después de una ducha y un café triple, volvió a la biblioteca. Había ido a coger el libro que seguía abierto sobre la cama, pero no se atrevió a tocarlo. Encontró a Alma en el mismo pasillo que el día anterior.

—Buenos días —le dijo ella con una sonrisa, que se desvaneció en cuanto se fijó en las ojeras de Eduardo—. Vaya, tienes cara de no haber dormido nada, ¿te encuentras bien?

—No me vengas con esas. —Eduardo se agachó para quedar a su altura, arrimando tanto su cara a la de Alma que esta tuvo que retroceder—. Sabes perfectamente lo que ha pasado.

Alma pasó lentamente de la cara de póker a una sonrisa tan siniestra que esta vez fue Eduardo el que se echó hacia atrás.

—Vamos, querido, necesitabas algo de emoción en tu vida. El Negro no suele hacer prisioneros, tuviste suerte de que no te matara allí mismo.

Eduardo no sabía qué contestar. La verdad es que había ido en su busca sin saber muy bien qué esperar, pero esta respuesta no la esperaba.

—Así que fue real...

—¿Qué tal el cuello?

Eduardo tocó la herida que había desinfectado por la mañana.

—Vamos, no ha sido tan malo. ¿Quizás algo más suave la próxima vez? —dijo Alma tendiéndole un libro.

El jardín japonés

Le gustaba pasear por aquel jardín. Había trabajado de sol a sol levantando la pequeña empresa familiar, que él había heredado de su padre y que legaría a su hijo convertida en una de las más importantes empresas de transportes de Shanghái. Uno de sus únicos respiros durante las largas jornadas de trabajo era su paseo por el parque cercano a la oficina. Todos los días, en la hora de comer, el señor Zhang cogía la bolsa del almuerzo y se sentaba a comer junto al estanque de las carpas. Dejaba allí todo el estrés de la mañana y volvía a la oficina cargado de energía para afrontar la tarde.

Cuando se jubiló, conservó esa costumbre. Su mujer había fallecido hacía tres años y su único hijo, heredero de la empresa, estaba demasiado ocupado con los negocios como para comer con su padre. Así que Zhang siguió yendo cada día a pasear por el parque y almorzaba en compañía de las carpas.

Entraba por la esquina norte, la que quedaba más cerca de las oficinas de la empresa. Paseaba por los caminos adoquinados, deteniéndose de vez en cuando a contemplar el verde de los pinos y los sauces, y los aromas de las magnolias. Cruzaba el pequeño puente sobre el río, saboreando la tranquilidad que le proporcionaba aquel murmullo acuoso, y se sentaba al borde del estanque, donde, irremediablemente, terminaba tirando más comida de la que él mismo ingería.

Disfrutaba de la compañía de aquellas coloridas criaturas que se le acercaban, curiosas, deslizándose en el agua.

Un día, cuando llegó al río, no encontró ninguna carpa. Normalmente, era un grupo numeroso, revoltosas como colegiales en el recreo. Bajó a la orilla y se sentó, mirando extrañado al río. Al momento, apareció una solitaria carpa, solo una, que se acercó agitando alegremente su aleta.

—¿Dónde están hoy tus amiguitas? —le preguntó mientras le tiraba la primera miga de pan—. ¿No tienen hambre?

Zhang compartió su almuerzo con aquella carpa solitaria, que no se separó de la orilla hasta que él se levantó dispuesto a marcharse. Durante el camino de vuelta a casa, pensó en lo extraño de aquella situación, pero no le dio más importancia.

«Quizá estén haciendo alguna obra, y esta pequeña se haya escapado del recinto donde las guardan».

Al día siguiente, compartió su almuerzo con dos carpas. Una era su amiga del día anterior, la reconoció porque tenía una marca plateada en el lomo. Pensó que aquello confirmaba su teoría del día anterior. Cada varios meses, limpiaban el fondo del río y encerraban a las carpas en un recinto vallado para protegerlas mientras duraban las tareas de limpieza. Seguramente, el recinto tendría una grieta y algunas pequeñas se colaban por él. Buscó algún operario a quien advertir, pero no encontró a nadie.

Un día después, tenía tres carpas: su amiga del lomo marcado y otras dos. Al día siguiente, se había sumado otra, con lo que tenía cuatro carpas en la orilla, mirándole fijamente y agitando la cola. Aquello era de lo más extraño. Al principio no le dio importancia, pero terminó encontrando una lógica al darse cuenta de que se iban sumando carpas, una al día. Cada día iban las mismas que el día anterior, más otra. Se rio con ganas de aquella ocurrencia mientras les daba de comer, pero, al mismo tiempo, no podía evitar pensar que aquello no podía ser casualidad.

Cuando llegó el octavo día, tenía ocho carpas a las que alimentar. Aparecían de la nada debajo del puente cuando él se sentaba en la orilla, siempre con su amiga marcada al frente, y se ponían delante de él esperando su ración. Por más que buscó algún obrero, algún responsable en todo el parque, no encontró a nadie. Incluso fue al ayuntamiento para preguntar si había alguna obra en marcha, pero no la había.

El décimo día, tras dar de comer a diez carpas, llamó a su hijo y le rogó que fuera a su casa para hablar con él. Qiang acudió sin falta aquella misma tarde. Zhang le contó lo que le había pasado con las carpas, cómo llevaba diez días sumando cada día una más al grupo que se arrimaba a la orilla a comer, sin que en todo el río se viera ninguna carpa más. Qiang no entendía lo que le contaba su padre, pero le vio tan alterado que se fue prometiéndole que iría al día siguiente al ayuntamiento y no saldría de allí hasta obtener una respuesta, cosa que pareció tranquilizar a Zhang.

Qiang no obtuvo ninguna explicación del ayuntamiento, pero no se atrevió a decírselo a su padre por miedo a alterarle más de lo que estaba, pues veía en Zhang el fantasma de la demencia con aquella historia tan extraña, así que le dijo que, efectivamente, y tal como Zhang había adivinado en un primer momento, se había confinado a las carpas en un recinto aparte para realizar labores de mantenimiento y se iban a ocupar del asunto. Por supuesto, Zhang no se creyó ni una palabra, aunque no le dijo nada a su hijo.

Así pues, Zhang volvió al parque, sabiendo que aquel día tendría que alimentar a once carpas.

Y así fue.

Al día siguiente, alimentó a doce carpas. Y la sorpresa llegó cuando, un día después, no tenía trece carpas, sino once. Desconcertado, las contó varias veces, hasta asegurarse de que, efectivamente, aquel día no se había sumado otro animal, sino que faltaba uno.

A partir de entonces, cada día fue desapareciendo una pieza. Día tras día, llegaba una carpa menos a la orilla. Qiang le llamaba cada día y Zhang intentaba no hablar de las carpas para no preocupar a su hijo. Disimulaba diciendo que ya ni las contaba, aunque lo cierto es que llevaba perfectamente la cuenta. Iba tachando cada día una marca y sabía que le quedaban cuatro días para que ninguna llegara a la orilla.

La secuencia prevista siguió y, llegado el día, Zhang se sentó tembloroso en la orilla del río, esperando ver una única carpa. Se puso más nervioso de lo que estaba cuando no vio a ninguna, hasta que, al cabo de un momento, vio a su amiga marcada bajo el puente. A esas alturas, ya nada le parecía extraño, así que no vio nada raro en que el animal estuviera allí, bajo el puente, sin acercarse mirándolo fijamente. Zhang esperó a que se acercara, pero la carpa dio media vuelta y se fue río arriba.

Zhang no pudo dormir aquella noche. Quería y no quería ir al parque, sabiendo que ninguna carpa llegaría hasta él. Se obligó a ir, más que nada porque pensaba que aquello debía tener una explicación, y quería llegar hasta el final. Cuando entró en el parque, por la entrada norte, como siempre, se encontró un cartel que anunciaba obras en la zona del río y pedía precaución. Cuando llegó a las inmediaciones del puente, se encontró el acceso cerrado y un letrero que ponía: «PRECAUCIÓN. ESTAMOS LLEVANDO A CABO OBRAS DE LIMPIEZA EN EL FONDO DEL RÍO. NO SE ACERQUEN A LA ZONA. GRACIAS».

Las noticias hablaban de un anciano enajenado, colándose en la zona en obras, agrediendo a los trabajadores que estaban allí, gritando como loco e intentando llegar al río. Su hijo contó a los periodistas lo culpable que se sentía, cómo notaba que su padre había ido perdiendo la cabeza semanas atrás, obsesionado con las carpas de aquel río. Durante semanas se añadieron testimonios de vecinos, socios y amigos, hablando maravillas del señor Zhang y lamentando su destino en aquel sanatorio para ancianos dementes, en el que lo cuidaban de maravilla, por otra parte.

Ustedes se preguntarán por qué me he acordado de aquella noticia de hace tres años. No conocía al señor Zhang, ni a su familia, ni a su hijo. No tengo tratos con su empresa. Pero paseo a diario por el mismo parque. Suelo llevar allí a mis hijos y nos sentamos en sus jardines, a descansar y a jugar con la pelota. No les dejo que se acerquen al río. No es que crea en la historia de aquel anciano, pero creo que los niños y los ríos son una combinación peligrosa.

No. Mis hijos no se acercan a ver las carpas. Yo tampoco. Pero el cerezo bajo el que nos sentamos a descansar ha empezado a florecer, y lo ha hecho muy despacio. Ha empezado por una solitaria flor y las he ido contando hasta llegar a doce. Hoy, hay once. Y, aunque no lo quiero pensar, sé que mañana habrá diez.

Musa

—Fíjate en esa, qué mala cara tiene. Fijo que ha venido por algún hijo, tiene pinta de prota de película de Almodóvar.

—...

—¿Y qué me dices del de melenita? Se le nota nervioso. Seguro que viene de mono y espera que le den algo fuerte.

—...

—Aunque la que más me llama la atención es esa chica de la esquina, tan tranquilita. Qué pálida está. Se diría que ha venido por placer. Mira cómo observa a todo el mundo. ¿Te imaginas que es la Parca que viene a escoger al siguiente? ...Sí, eso es, ahí tenemos la historia. No sé qué haces aquí sentado cuando tendrías que estar ya escribiendo.

—...

—¿En serio vas a seguir ignorándome? ¡Pero si la tienes ahí mismo! ¡La historia que siempre quisiste! Chico, de verdad que no te entiendo, si te lo estoy poniendo al alcance de la mano y tú no haces más que pasar de mí, cualquier día de estos cojo y me voy, de verdad, no sé para qué me molesto, en serio, con lo que podrías hacer y la ayuda que te ofrezco tendrías que estar más que agradecido de que...

Y seguía, y seguía, y seguía. Esta conversación se repetía una y otra vez en mi cabeza. Y no, no estoy loco. O, al menos, no creo. Simplemente, he dado con la musa coñazo.

Os cuento.

Desde siempre tuve pasión por la literatura. Padres, lectores; hija, lectora. Recuerdo estar los tres sentados en el salón leyendo, y mi madre apagando la televisión porque nadie le estaba haciendo caso. Es una rareza hoy en día, renunciar a los *realities* y a las series de éxito en favor de las historias escritas. Mis padres jamás me negaron nada en ese sentido, desde tebeos a cuentos infantiles, cualquier cosa con tal de que leyera. De ahí pasé a las novelas juveniles y a las no tan juveniles. Poco a poco, fui construyendo una pasión que me llevó al impulso de pasar al otro lado, de ser receptor a ser productor, y empecé a escribir. Poesía, al principio, al menos, poesía a mi manera. Historias, relatos, ideas, mil y una escenas en mi cabeza que poco a poco iban tomando forma. Como *hobby*, no necesitaba más.

Pero la pasión crecía, y la necesidad de escribir algo más serio también. No sé cómo llegué a invocarla. Siempre tuve debilidad por temas mitológicos, es cierto. En el instituto odiaba las clases de latín, pero me encantaba la parte de cultura clásica: cómo los romanos organizaban su vida, su tiempo, su espacio y sus dioses. Me pareció tan romántica la idea de que alguien por encima de ti te susurrara arte al oído que no pude resistirme al encanto de las musas. Son, de lejos, mis criaturas mitológicas favoritas. Incluso me aprendí de memoria sus nombres, cosa que no me resultó fácil.

La cuestión es que, un día, tras enfrentarme al temido papel en blanco, no se me ocurría nada que escribir. Me obligaba a hacerlo cada día, por poco que fuera, pero aquel día era literal y físicamente incapaz de poner más de cuatro palabras que me llevaran a ningún sitio. Intenté todo cuanto había aprendido hasta entonces, de cursos o de mi propia experiencia, y nada servía. Así que, en busca de inspiración, empecé a navegar por internet y, por suerte o por desgracia, encontré una invocación a las musas. La relataba Homero en su *Odisea*, y en aquel momento de sequía decidí probar.

Era ya de noche, así que no tuve que bajar ninguna persiana para estar a oscuras. Encendí varias velas y me desnudé por completo. En ningún sitio decía que esto era necesario, pero me pareció razonable ofrecerme lo más sincero posible si quería obtener su favor. Así que, en cueros, a oscuras y a la luz de las velas, invoqué a las musas.

No pasó nada. Tampoco es que lo esperase, la verdad. Me sirvió para reírme de mí mismo, o conmigo mismo, como dirían los cómicos. Me volví a vestir y apagué las velas, mientras me decía que definitivamente había tocado fondo.

Al día siguiente desperté con la cabeza increíblemente despejada y una idea que no dejaba de martillearme. Ni siquiera desayuné. Me senté al ordenador y empecé a escribir hasta que, cuatro horas más tarde, tocaron al timbre. Nada importante, correo comercial. Pero la cuestión es que había escrito del tirón la primera parte de una historia tan buena que hasta me sorprendió al volver a leerla. Ni siquiera era consciente de cómo había ido hilando el argumento hasta llegar ahí, y lo más preocupante, no sabía cómo iba a continuar.

Decidí hacer un alto para comer algo. Me tomé un café y los restos de la cena de la noche anterior, y me volví a sentar al ordenador, sin tener una idea clara de lo que iba a escribir. En cuanto lo hice, las palabras volvieron a salir como en torbellino y, tres horas después, había terminado mi relato. Me quedé de piedra cuando lo volví a leer. Bien redactado, original y con un final sorprendente. No sabía cómo había salido aquello de mis manos, pero era sin duda lo mejor que había escrito nunca. Abrí una botella de champán para celebrarlo. No suelo beber, así que a la segunda copa estaba completamente fundido. Ni siquiera recuerdo irme a la cama.

—¡Eh! Vamos, levántate, tenemos tarea.

Me incorporé de un salto. Mi cabeza estaba a punto de explotar, seguramente por el champán de anoche. Me dejé caer de nuevo sobre la almohada y cerré los ojos. Necesitaba dormir un poco más.

—Pero ¿qué haces? ¡Vamos, que hay trabajo que hacer!

La primera vez pensé que había sido un sueño, pero había una voz dentro de mi cabeza literalmente dándome voces para que me levantara. Me volví a incorporar y miré a mi alrededor. Estaba en mi habitación, eso no había cambiado. Los muebles seguían en su sitio, y la persiana seguía teniendo la misma rendija por la que se colaba la luz de siempre. Estuve sentado en la cama unos minutos, intentando encontrar explicación a la voz que me había despertado por segunda vez.

«No flipes, Dani, vas a pasar por ser el primero que tiene resacas alucinógenas».

Con este pensamiento me volví a derrumbar en la cama. Esta vez no hubo voz extraña, al menos, no inmediatamente.

—Mira, tengo tanta paciencia como cualquiera, pero no soporto a los vagos. Tienes media hora para ponerte las pilas, ni un minuto más.

Vale, ya era una tercera vez. Me volví a sentar en la cama y pregunté:

—¿Me dices a mí?

—¿A quién si no? —me contestó la voz.

—Va... vale —tartamudeé.

Estaba empezando a pensar que aquello no era debido a la resaca ni imaginaciones mías. La voz sonaba dentro de mi cabeza tan real como veía las motas de polvo flotar en el haz de luz que dejaba pasar la persiana a medio cerrar.

—¿Quién eres?

—¿En serio? Tú me has llamado, Dani, ¿ahora te haces el despistado?

—¿Yo te he llamado?

—Por supuesto que sí. Nos has invocado.

Por Dios.

Esto tenía que ser una alucinación. Alguna enfermedad rara. Un tumor cerebral. Una intoxicación por monóxido de carbono. Las velas estaban adulteradas. Cualquier cosa que tuviera un mínimo de sentido común, por poco que fuera. No podía ser que estuviera hablando con una musa. Aun así, pregunté:

—¿Eres una musa?

—¿A quién esperabas si no?

Tuvo la suficiente prudencia para esperar a que lo asimilara. No sé el tiempo que estuve sentado en la cama, pensando en lo que acababa de oír, acariciando la idea de haberme vuelto loco por completo. Después de diez minutos en completo silencio, me atreví a preguntar:

—¿En serio he invocado a las musas?

—En serio.

—Pero eso es un mito, no creí que...

—Es un mito, pero eso no significa que no existamos. Respondemos solamente a quien es merecedor de nuestro favor.

—¿Y yo lo soy?

—Fue un detalle despelotarte. Al menos, fuiste original. Nadie lo hace.

—¿Te burlas de mí?

—No me burlo. Te susurré ayer y conseguiste una gran obra. Llamaste y he venido.

—¿Pero por qué?

—No hay un rito exacto. Únicamente respondemos a quien creemos dignos. Muchos han hecho la invocación homérica, pero pocos se lo han tomado tan en serio como tú. Además, tienes talento. Solo hay que ayudarte un poco. Para eso estoy aquí. Y tenemos trabajo que hacer.

Me quedé en silencio un rato. Quería creer lo que estaba escuchando, aunque no sabía hasta dónde podía confiar en mi cordura.

—Ayer me ayudaste a escribir un relato fantástico. Creía que las musas hacíais un único trabajo por persona.

—Bueno, eso depende mucho de la persona. Puedo ayudarte a escribir alguno más, creo que tienes mucho potencial. Vamos, date una ducha y empezamos.

Esa ducha fue el último momento de soledad. Cuando salí, me tomé un café y me senté al ordenador. Abrí el Word y las palabras empezaron a surgir como salidas de la nada. Tardé unas cuatro horas en escribir un relato completo, fantástico y maravilloso, lleno de giros sorprendentes y con un final inesperado. Durante los siguientes diez días me dejé llevar sin pensar demasiado. Solo dormía y escribía. Un relato tras otro. Una historia tras otra. Increíblemente redondos y coherentes, como jamás los había escrito. Encantado como estaba, no me di cuenta de que había dejado de lado toda mi vida. Llevaba casi dos semanas sin salir de casa. Había dejado de contestar mensajes y llamadas, tenía wasaps amontonados como tenía ropa sin lavar. El correo casi salía de la rendija del buzón.

Decidí entonces tomarme un descanso. Me metí en la cama sin poner alarma. Pero alguien se encargó de despertarme.

—¡Oye! ¡Dani! ¡Despierta!

Ni caso.

—¡Dani! Vamos, tenemos mucho que hacer.

—...

—¿En serio? Venga, dormilón, ya sabes cómo va... Una ducha y a funcionar.

—Déjame en paz —dije al aire.

De repente, el aire dejó de circular. Todo el tiempo se paró de golpe, esperando su respuesta. Esta tardó en llegar.

A pesar de que tenía intención de seguir durmiendo, estuve casi una hora despierto hasta que ella dijo con voz helada:

—¿Que te deje en paz?

—Vamos, sabes muy bien qué quiero decir. Solo necesito un descanso.

—¿Un descanso? ¡¿Crees que la inspiración requiere un descanso?! ¡Afortunado deberías considerarte de haber sido tocado por la inspiración!

—Y lo estoy, por supuesto que lo estoy, solamente necesito un respiro, un día, unas horas, para salir del apartamento y tomar un poco de aire, nada más...

—Nada más, dice. Cuando se lo cuente a mis hermanas no se lo van a creer. Creo que hemos cometido un error contigo. Pero no te preocupes. Eso tiene arreglo. Te dejaré en paz, si es lo que quieres.

—¡No, no, ¡espera! —grité levantándome de golpe—. Espera por favor. No te enfades. Ya me levanto, no te vayas —le supliqué.

Tenía miedo de que se fuera para siempre. Sabía que jamás conseguiría escribir nada tan bueno sin su ayuda.

No me contestó, pero yo sabía que seguía ahí. Podía sentirla, de una forma que sería incapaz de explicar. Me quedé de pie junto a la cama, esperando que ella reaccionara. Tras un buen rato sin que sucediera nada, supuse que tendría que dar yo el primer paso, así que puse la cafetera y me senté al ordenador. En cuanto toqué el teclado, mis dedos empezaron a volar como aquellos días de atrás. En aquella ocasión, al terminar el día tenía escrito un esquema de una novela increíblemente perfecta.

—¿Es lo que creo que es? —le pregunté.

—Es tu gran obra, Dani. Al menos, lo será. Te la he mostrado para que veas lo que podemos hacer juntos, pero aún no estás preparado. Será un poco más adelante. Mientras tanto, practicaremos. Te ayudaré.

Eso me intrigó bastante. Si algo había aprendido de mis lecturas sobre las musas, ellas solamente te inspiraban, pero no te enseñaban. ¿Qué era lo que tenía que practicar?

—¿Dices que tenemos que practicar?

—¿Acaso te molesta? —preguntó ella a su vez con voz dura.

—No, claro que no —me apresuré a asegurar, no quería que se molestara otra vez, así que decidí intentar sonsacarle con tacto—. Tú eres quien manda, es solo que tengo curiosidad. Siempre creí que esto era un proceso inmediato, donde la musa pone el talento y el escritor sus dedos.

—No es tan sencillo.

No parecía dispuesta a contarme mucho, así que lo intenté de otra forma.

—¿Puedo preguntarte cómo te llamas? ¿Cuál de las musas eres?

—Me llamo Helena.

—¿Helena? —pregunté sorprendido.

—Sí, Helena, ¿tienes algún problema con mi nombre? —había vuelto a la voz gélida.

Nunca había pensado que las musas fueran tan susceptibles.

—Por supuesto que no, es un nombre muy bonito. Es solo que... —intentaba encontrar las palabras más adecuadas para no volver a ofenderla—, bueno, en los libros de texto se habla de nueve musas, pero no recuerdo que ninguna se llamara Helena. Es evidente que a los humanos nos queda mucho por saber —añadí para suavizar su reacción.

Funcionó, porque de nuevo contestó con su tono dulce.

—Nueve eran las hijas de Zeus y Mnemósine, destinadas a dar aliento a los verdaderos artistas. De ellas descendemos las demás.

—Vaya, toda una estirpe de musas —casi musité sorprendido—. Jamás lo habría imaginado.

—Hay muchas cosas que no sabéis.

—Sí, claro, yo nunca pretendería saber más que un ser divino. Aun no me creo la suerte que tengo de contar con una de ellas.

Aquello pareció ablandarla. Me habló de su infancia en una zona apartada del Olimpo, de su adiestramiento para aprender a inspirar y de la rivalidad con sus hermanas. Eran muchas, se criaban juntas y luchaban entre ellas por destacar en las artes y conseguir protegidos. No todas llegaban a ser auténticas musas, solo las más hábiles. Era una pelea feroz. Mientras ella me contaba todo aquello, yo aproveché a comer algo y procuré registrar en mi memoria cuanto oía. Una musa me estaba contando directamente su historia. Durante horas habló y habló, horas en las que más de una vez se me pasó por la cabeza la idea de estar literalmente loco de remate, aunque era tan real como hablar con cualquier persona. Le hacía preguntas para aclararme y ella contestaba pacientemente.

—¿Por qué no puedo verte?

—Porque, en realidad, no estoy aquí.

—¿No estás aquí? ¿Cómo es posible? Te juro que siento tu presencia, tu cercanía.

—Sí, lo sé. Pero solo notas mi aliento. Mi cuerpo físico sigue en el Olimpo, no podría presentarme ante ti, no lo soportarías.

—¿Por qué? ¿Por el tamaño?

—No solo por eso. Por la energía. Sois demasiado frágiles.

—Entonces, todas esas historias de los dioses presentándose ante los humanos, ¿son cuentos?

—No, bueno, algunos sí, pero otros son reales. Los dioses se presentan como yo ahora, no es más que una proyección.

—¿Y tú los conoces?

—¿A quién, a los dioses? A algunos. No suelen venir a vernos y tenemos prohibido entrar en el Olimpo.

—¿Por qué?

—Porque podemos influir en sus decisiones con solo susurrarles.

—¿En serio? ¿Podrías soplar al oído de Zeus y pedirle que dé la vuelta al cambio climático?

—No funciona así. No puedo hacer que hagan cosas físicamente, no soy una máquina de hacer obedecer. Pero puedo inspirarle pensamientos de sufrimiento por hambrunas, inundaciones o terremotos que le hagan recapacitar, y puedo sugerirle soluciones de mi elección. No funcionan como vosotros, no son tan fáciles de sugestionar, pero sí podemos interferir, y eso no les gusta.

—¿Y por qué tenemos que practicar tú y yo?

—Imagina que soy Netflix. Cuanto más trabajemos tú y yo, más te conoceré y mejores sugerencias te podré hacer. Es una cuestión de ajuste. Te podría inspirar cualquier cosa, pero el resultado siempre será mejor si en tu cabeza ya hay una semilla.

Aquella conversación duró horas. Me contó cosas increíbles, como que Perseo era insufrible, que el Hades era un sitio alucinante para irse de vacaciones, Atenea una prepotente y Gea un encanto. Ella descendía de Urania, la musa de la astronomía, la poesía didáctica y las ciencias exactas. Seguramente por eso mi obra maestra, tal como ella la había inspirado, tenía como protagonista un profesor de matemáticas. Y puede que fuera también la razón de que me contara todo aquello. Era como mi profesora, y yo su alumno que quería aprender. A cada pregunta que le hacía ella contestaba con tono indulgente, como si estuviera preguntando cosas obvias. Se lo notaba en el tono de voz, pero también en el aire que había a mi alrededor. Se volvía cálido por momentos y recuperaba su temperatura en cuanto ella empezaba a hablar.

No recuerdo el momento en el que me quedé dormido. Supongo que estaríamos hablando hasta tarde, pero cuando desperté, recordaba cada palabra dicha. No sé por qué, en algún momento de la conversación pensé que lo olvidaría todo. Me senté en la cama y la llamé.

—¿Helena? Estoy despierto. Cuando quieras nos ponemos a trabajar. Podríamos tirar del hilo de aquella historia sobre el pescador, creo que es una gran idea.

—…

—Aunque la de la enfermera loca no me disgusta tampoco, podríamos empezar calentando con ella, es más de mi estilo.

—…

—¿Helena?

Me quedé petrificado con la manga derecha puesta y el brazo izquierdo en camino a poner la otra. Observé a mi alrededor y caí en la cuenta de que, no solo no la oía, es que tampoco la sentía. La atmósfera de mi habitación estaba absolutamente muerta. La llamé varias veces, terminé gritando, pero no obtuve respuesta. Desconcertado, seguí la rutina que habíamos marcado en esas últimas semanas. Puse una cafetera y me senté al ordenador. Solo que, al poner los dedos sobre el teclado, no pasó nada. Me quedé mirando la página de Word en blanco que había abierto como unos diez minutos. No hubo idea. No hubo inspiración. Helena no estaba allí.

Me quedé en *shock*. No esperaba aquello después de la conversación de anoche. Se había abierto completamente, me había contado cosas que dudaba que un humano debiera saber. Tras una hora empecé a pensar que definitivamente me lo había inventado todo. Había creado un personaje ficticio que despertó mi imaginación de una forma que jamás hubiera imaginado, y de ahí todos aquellos trabajos tan perfectos. Después de dos horas, después de darle vueltas a todo lo que había pasado, llegué a la conclusión de que Helena era real y que algo le había pasado. En tres horas había cambiado de idea, pensé en buscar ayuda profesional, psicólogo, psiquiatra, llamar a emergencias. En cuatro horas le di vueltas a toda la conversación buscando algo que yo hubiera dicho y que hubiera podido ofenderla. En cinco horas revisé todos los prospectos de los medicamentos de mi botiquín buscando efectos secundarios que incluyeran alucinaciones. Pasé el día pasando de considerarme un puto loco que se lo había imaginado todo a buscar la forma de entrar en el Olimpo para rescatarla. Creo que no me volví loco de verdad por muy poco. Al final, completamente agotado, me metí en la cama.

A la mañana siguiente desperté aturdido. Era tan diferente de la sensación que tenía cuando Helena estaba allí que ni siquiera me apetecía abrir los ojos. Iba a dar media vuelta cuando una voz me atronó en la cabeza.

—Levántate.

Era una voz de mujer, pero evidentemente no era Helena. Era una voz más madura, autoritaria, muy alejada de la dulzura de Helena, ni aun en sus momentos más ofendidos. Me quedé quieto, esperando.

—Sé que estás despierto. No me hagas repetírtelo. No tengo todo el día.

Me di media vuelta, casi esperando ver una presencia física junto a mi cama, pero no vi nada. Cerré los ojos y pregunté:

—¿Dónde está Helena?

—Eso no es de tu incumbencia.

—Yo creo que sí. Es mi amiga y ha desaparecido. Quiero saber...

—No es tu amiga. No te atrevas a soñar siquiera, tú, simple mortal, que puedas estar al nivel de una de nosotras, ni siquiera de alguien como Helena. Tu única tarea es escribir lo que te inspiremos. Nada más.

Cada palabra que pronunciaba aquella voz era como un bofetón a mano abierta. Notaba el ambiente a mi alrededor como si me acabara de mudar al polo norte. No me atreví a decir más. A los diez minutos, el ambiente empezó a caldearse y supe que volvía a estar solo. Me quedé en la cama un rato más dando vueltas a todo aquello. Por mi cabeza volvió a pasar la idea de haberme vuelto loco de remate. ¿Cuánto tiempo llevaba sin salir de casa? Pero no era posible, el frío había sido algo físico, la temperatura no era algo subjetivo, no estaba en mi cabeza ¿o sí? Después de todo, los locos estaban convencidos de su locura, veían cosas, notaban cosas, ¿por qué no podía yo oír y sentir?

Tras una hora de cavilaciones, me decidí a salir de la cama. Aparté el nórdico y posé un pie desnudo en el suelo con el mismo cuidado con que intentaría pisar un lago helado. Al ver que no había ningún cambio, me incorporé del todo y me puse el albornoz. Levanté la persiana de mi habitación intentando recordar cuándo había sido la última vez que lo había hecho. Hacía semanas ya. No era de extrañar entonces que mi mente hubiera empezado a volar, si llevaba tiempo viviendo en penumbra. La luz del sol, tan radiante que me hizo entrecerrar los ojos, me hizo sentir que había vuelto a la realidad tras un largo sueño. Vi a través de los cristales el césped del parque de enfrente cubierto de escarcha, algunas personas cruzando para ir a sus trabajos, a la compra o de paseo, y envidié su triste rutina, su normalidad. Era hora de pasar página y volver al mundo.

Fui a la cocina a hacerme un café. Aunque eso es decir mucho. Hacía ya unos años que me había comprado una cafetera de cápsulas, me pareció práctico, para no perder el tiempo. Por alguna razón, esa mañana me pareció la idea más absurda del mundo. Recordé a mi madre y su ritual de la mañana, abriendo la vieja cafetera italiana, llenándola de agua, echando el café molido y dejándola al fuego. Cada mañana el mismo ritual que dejaba toda la casa con aquel aroma a empezar de nuevo. Pero me conformé con lo que tenía. Puse mi taza favorita y dejé que el negro líquido llegara hasta el borde. No eché azúcar, aunque no era lo habitual. Me tomé aquel café negro, largo y ligero, paladeando cada sorbo que tomé casi hirviendo, como si aquel gesto sirviera para borrar aquella sensación de desequilibrio. Dudé si hacerme un segundo café, pero creí que con aquel era suficiente. Cuando lo terminé me sentí completamente renovado, y supe que todo aquello por fin había acabado. Fuera lo que fuera, real o imaginario.

Durante toda la mañana me dediqué a limpiar y a ventilar la casa. Había estado demasiado tiempo sumergido en mi burbuja y estaba todo tan descuidado que di gracias a Dios por no haber recibido visitas. Por suerte, mi apartamento es lo suficientemente pequeño para dar carpetazo al tema limpieza en un par de horas. Poco después de las once, todo estaba, si no como los chorros del oro, al menos presentable: había limpiado a fondo la cocina y el baño, hecho la cama y recogido toda la ropa esparcida por el suelo, ordenado el salón y apilado las cajas vacías de *pizza* para bajar al contenedor en la primera salida que hiciera.

Me planteaba bajar a hacer una compra, pero decidí dejarlo para más tarde tomarme otro café tranquilamente mientras leía la prensa digital.

En cuanto me senté al ordenador, noté un cambio en el ambiente. No puedo precisar exactamente cómo sucedió, pero me vi de repente con el Word abierto y las manos en el teclado. Ya tenía el dedo meñique sobre la tecla de mayúsculas y mi derecha iba posarse sobre la primera L. Noté que una fuerza tiraba de mi anular derecho hacia abajo y saqué toda la voluntad que fui capaz para luchar contra ella y mantener el dedo en el aire. Aquella pelea duró una eternidad. Notaba que tiraban de mi dedo hacia abajo y yo intentaba hacer contrapeso hacia arriba para no pulsar aquella tecla. De repente, aquella fuerza desapareció y mi mano derecha saltó hacia arriba como un resorte, libre por fin.

Miré el reloj. Eran las doce y media. Me dolía el antebrazo tremendamente, y tenía las venas hinchadas. Había estado algo más de una hora resistiendo. Eso no era algo imaginario. Era completamente real. Me levanté deprisa y fui a meter el brazo bajo el agua fría. Miraba a mi alrededor como si alguien fuera a aparecer de repente detrás de mí para estrangularme, pero en el fondo, sabía que estaba solo. Fuera quien fuera, se había ido.

Cuando estuve lo suficientemente calmado, salí a la calle.

Estuve paseando durante horas, paré a comer una hamburguesa con patatas y volví a casa sobre las ocho. Me vino bien el paseo, aunque reconozco que abrí la puerta de casa con miedo. No noté nada extraño, pero no me atreví a acercarme al ordenador, ni siquiera para apagarlo.

Me senté a ver la tele y cené algo de *pizza* que había sobrado del pedido anterior. Me metí en la cama pensando que lo peor había pasado, pero no conseguía dormir, así que tuve que tomar un somnífero que guardaba para una situación de emergencia. Por supuesto, me quedé *KO* en cuestión de minutos.

Durante los siguientes tres días, mi vida se convirtió en una añorada rutina. Me levantaba atontado por las pastillas, me daba una ducha tibia, tomaba un café y me tiraba a la calle. Paseaba por la playa y me acercaba a la biblioteca para leer la prensa y conectarme a internet, después comía en el *burger* y me acercaba al parque para sentarme bajo un árbol a escribir un rato, a mano, en mi libreta. Volvía a casa y cenaba viendo la tele, para tomarme la siguiente pastilla que me llevara al reino de Morfeo.

Al cuarto día, decidí que no podía dejar que aquel bucle se perpetuara. Me armé de valor para sentarme a mi ordenador.

Pero no pasó nada.

Encendí la pantalla, navegué durante un rato, tenso como una bujía, atento a la mínima señal de cambio, con el termómetro al lado y una vela encendida como si fuera un canario en una mina. Durante todo el día estuve deambulando de página en página sin notar absolutamente nada. Solo al caer la noche me atreví a pasar la prueba de fuego: abrir Word.

Ni siquiera entonces ocurrió nada.

Me quedé parado, con las manos sobre el teclado, mirando una página en blanco y un cursor parpadeando. Nada. Ni la más mínima señal. Me apetecía dar saltos de alegría por haber dejado atrás aquella locura, aunque, en el fondo, habría deseado que Helena fuera real.

Durante el mes siguiente volví a mi vida. A buscar trabajo y aceptar pequeños encargos que me ayudaban a llegar a fin de mes, a salir en busca de inspiración, a plantearme volver al gimnasio, a contactar con mis amigos sin explicarles por qué había desaparecido. Volví a tomar cervezas de vez en cuando y a fijarme en alguna chica en algún bar. Durante un mes todo volvió a la normalidad.

—¡Eh! ¡Despierta!

Abrí un ojo y lo volví a cerrar. Estaba soñando.

—Vamos, dormilón, tenemos tarea.

Esa voz me sonaba. ¿Helena había vuelto?

—Venga, ¿a qué esperas? ¿Es que no me echabas de menos?

—¿Helena? —pregunté sentándome de golpe.

—Pues claro que soy yo, tonto, ¿quién iba a ser si no?

—Helena... desapareciste... y vino... ella... me dijo... —me costaba encontrar las palabras.

—Sí, lo sé —dijo Helena con voz grave, y enseguida recuperó su tono vivaracho—, pero ya estoy aquí. Vamos, levántate, una ducha y un café y a funcionar.

Hice lo que me pidió. Estaba demasiado contento para pedirle explicaciones. Tras la ducha y el café vinieron relatos, poemas, días y días de inspiración absoluta en los que las páginas en blanco se convirtieron en historias increíbles. Hubo altibajos, por supuesto, como toda relación, pero por fin acordamos que tendría un día libre a la semana para hacer otras cosas, aunque yo notaba que ella venía conmigo.

Durante un año y medio la cosa funcionó. Escribí muchísimo y terminamos la novela que me había prometido, aunque todavía está en proceso de edición y no verá la luz hasta dentro de seis o siete meses. Por alguna razón pensé que ese era nuestra culminación, el proyecto fin de curso, el premio por el que se quedaba conmigo. Pero seguía ahí, cada día, obligándome a sentarme al ordenador y dejar las manos a su merced para que me guiara en mi siguiente escrito. Hasta que me cansé.

—Hoy no me apetece escribir.

—¿Cómo que no te apetece? Si no es tu día libre...

—¿Y qué?

—¿Cómo que «y qué»? Tenemos mucho por hacer y acordamos que un día a la semana era suficiente y que...

—Mira, Helena, necesito un respiro, ¿vale? Llevamos mucho tiempo escribiendo sin parar, necesito unas vacaciones.

—¿Unas vacaciones? ¿Es que te has vuelto loco? No puedes cogerte unas vacaciones, no puedes dejarme así, no puedes...

—¿Dejarte así? Vamos, Helena, ni siquiera vosotras podéis aguantar este ritmo. Una semana nada más, puedes ir a ver a tus hermanas, seguro que las echas de menos...

Ignoro si las musas pueden llorar, pero si lo hacen, Helena estaba en pleno berrinche. Lo notaba en el aire a mi alrededor, que se había vuelto de repente irrespirable. Tardé una eternidad en calmarla, asegurándole que era lo mejor que me había pasado nunca y que podía venir conmigo, si quería. Solo entonces me confesó que la habían desterrado, que aquella noche había hablado más de la cuenta conmigo, que por eso la habían obligado a abandonarme y me habían enviado a otra de sus hermanas más veteranas. También que se habían quedado impresionadas con mi fuerza de voluntad negándome a obedecerla y que por eso habían permitido que volviera conmigo, pero no le asignarían a nadie más. Yo era su única esperanza; si la rechazaba, yo me quedaría sin inspiración, pero ella se quedaría sin nada. Me dio tanta pena que deseé que tuviera un cuerpo físico para abrazarla y le aseguré que jamás la apartaría de mi lado.

Así llegamos aquí. Dos años después de aquella escena, Helena sigue conmigo y yo aspiro a suicidarme. La inspiración es maravillosa, mientras no intente ser permanente y sin descanso. Tengo la única musa coñazo de la historia. Pero, aunque estoy deseando deshacerme de ella, sabed que solo la dejaré en buenas manos.

¿Algún adoptante para Helena en la sala?

No es ella

—No es ella.

Apenas fue un susurro. Sujetaba el pañuelo con el que, con toda probabilidad, había estado enjugando las lágrimas contra su boca, como una armadura con la que enfrentarse a la tarea que tenía por delante. No debía tener más de 40 años, pero los arañazos del sufrimiento la hacían parecer mayor. Tenía unos ojos de un azul intenso, enmarcados por unas ojeras que rivalizaban con la misma tonalidad; el pelo, negro azabache, sucio y apelmazado, sujeto de cualquier manera con un coletero pasado de moda; la piel, lisa y sin una arruga, pero de aspecto apergaminado, como si se estuviera quedando sin una gota de agua bajo la epidermis.

La primera expresión de horror cambió a otra de alivio.

—No es ella.

Lo dijo por segunda vez. Más alto. Más claro.

—¿Está usted segura?

—Lo estoy.

—Por favor, señora Ramírez, tómese su tiempo. Sé que es un trago amargo, pero necesitamos asegurarnos de que no es su hija.

—No quiero seguir viendo esto, es horrible...

—Sé que es difícil, ya le advertimos que el cuerpo estaba casi irreconocible, pero le pido un esfuerzo. Estoy segura de que conocía rasgos particulares de la anatomía de su hija que pueden ayudarnos. El tatuaje en forma de mariposa...

—Muchas chicas se hacen ese tatuaje.

—Por eso le pido un poco de generosidad. Aparte de ese tatuaje, ¿qué la puede distinguir de otras?

—Pero ¿no tienen sus huellas? ¿La policía no hace eso?

—Se las han quemado. Por favor, señora Ramírez...

Se acercó a la camilla. La expresión volvió a cambiar, esta vez hacia una de concentración, mientras se iba fijando en cada detalle del cuerpo. A su vez, yo me fijé en ella. Mantuvo el pañuelo pegado a la boca, aunque no se lo reprochaba. La sala de autopsias del anatómico forense no es precisamente un jardín de rosas, y la muerte apesta. Casi tanto como la vida.

Se mantenía a una distancia prudente, estirando el cuello lo justo para fijarse en algún detalle, pero sin llegar a mover los pies para no arrimarse más de la cuenta. Llevaba un vestido rojo ajustado que desentonaba con el ambiente asépticamente blanco que nos rodeaba. Mientras ella buscaba, yo pensaba. ¿Por qué llevaba aquel vestido? ¿La llamada de la policía la había pillado de fiesta? ¿O se había puesto lo primero que había pillado en el armario sin mirar qué era? Los playeros anodinos me hacían pensar lo segundo, pero quizá se los habían prestado para que estuviera más cómoda en lugar de los tacones que pegarían más con el vestido. No llevaba abrigo. Seguramente ese era la X que me faltaba para despejar la incógnita. Visón, fiesta. Plumífero, armario.

Casi me había olvidado de lo que hacíamos allí cuando se dio media vuelta y volvió a decir con toda rotundidad:

—No, no es ella, estoy segura. El tatuaje es el mismo, sí; pero mi hija tiene una marca de nacimiento en el hombro derecho, por eso se hizo el tatuaje, para disimularlo, aunque no lo consiguió del todo. Esta chica no lo tiene. No es ella.

—Si está segura...

—Completamente. Me gustaría salir de aquí, por favor...

No había más que decir. Salió de la sala casi corriendo, aunque no seré yo quien la juzgue. Y en ese momento, mientras oía cerrarse la puerta de la sala, pensé si los demás muertos también habían perdido sus recuerdos, mientras intentaba no pensar en la incómoda sensación del frío de la camilla metálica en mi espalda.